くされ縁の法則7

逆光のリバース

「……うん。ありがとう翼」

「なにが?」

「いっつも大事なとこで、俺の背中を押してくれるから」

「バーカ」

甘く、とろけるように囁いて。

翼は哲史にキスをした。

いつも以上に優しく、静かに唇を重ねた。

くされ縁の法則 7

逆光のリバース

吉原理恵子

17903

角川ルビー文庫

目次

口絵・本文イラスト／神葉理世

***** プロローグ *****

人間万事塞翁《ばんじさいおう》が馬《うま》。

その日。

平穏《へいおん》な日常に漣《さざなみ》を立てる波乱の予感は、YR法律事務所にかかってきた一本の電話から始まった。

『蓮城《れんじょう》先生でいらっしゃいますか？　突然《とつぜん》、失礼いたします。私《わたくし》、神宮寺《じんぐうじ》家の顧問《こもん》弁護士を務めております赤木《あかぎ》と申します』

神宮寺――？

面識はないはずだがどこかで聞き覚えがあるような気がして蓮城尚貴《なおき》は一瞬記憶《いっしゅんきおく》をまさぐり、今現在、自分が後見人となり同居している杉本哲史《すぎもとてつし》の実父が神宮寺姓《せい》であったことを思い出す。

……そう。神宮寺正臣《まさおみ》。

神宮寺夫婦《ふうふ》は哲史が生後六ヶ月のときに離婚《りこん》した。生まれた我が子の双眸《そうぼう》が日本人の夫婦ではありえない青瞳《せいとう》だったからだ。

夫は頭ごなしに妻の不貞《ふてい》を疑い。妻は完全否定し。双方《そうほう》が罵詈《ばり》雑言《ぞうごん》の果てに泥沼《どろぬま》離婚《りこん》だった——と聞いた。

離婚調停の際にＤＮＡ鑑定《かんてい》で哲史との親子関係が実証されたにもかかわらず、正臣は最後の最後まで自分の息子《むすこ》だとは認めなかった。——らしい。

いったい、なぜ？

どうして、そこまで頑《かたく》なになってしまったのか。

尚貴に言わせれば、信じられないことである。結婚生活が破綻《はたん》してしまったとしても、息子は息子であるはずなのに。

激昂《げっこう》まじりに振《ふ》り上げてしまった拳《こぶし》を引っ込めるのが、自分の非を認めてしまうのが、そんなに屈辱《くつじょく》だったのだろうか。

ただの伝聞だけで尚貴は正臣と面識があるわけではないので、その為人《ひととなり》を決めつけることはできないが。同じ子どもを持つ父親として、じっとりと眉《まゆ》をひそめることしかできなかった。

しかも、離婚時には双方が哲史の親権を放棄《ほうき》——いや、養育を拒否《きょひ》するなどありえない……あってはならない異常事態であった。

同じ親として、その言動が尚貴にはまったく理解できない。

かつては熱烈《ねつれつ》に愛し合った二人が憎悪《ぞうお》にまみれて離婚する。今どき、そんなことは珍《めずら》しくもない日常——と言ってしまえばそれまでだが。生まれたばかりの子どもをまるで不用品のように押しつけ合って、最後にはポイ捨てにする。その神経が――わからない。

親としての資格が問われているのではなく、人としての品格が大幅《おおはば》に欠如《けつじょ》しているのではないか。哲史の境遇《きょうぐう》を知った当時、尚貴はそんな憤《いきどお》りすら覚えた。

子どもが生まれる喜びは親として何事にも代えがたい至福であるはずなのに、それが憎悪の発端《ほったん》になってしまうなど、子どもにとってはあまりにも苛酷《かこく》すぎる現実であった。

結局、哲史は母方の祖父母が育てることになったわけだが。もの凄《すご》い確率の突然変異《とつぜんへんい》と言われる青瞳のせいで両親から忌避《きひ》された事実は、哲史の人生に少なからず影《かげ》を落としているのは否《いな》めない。

――哲史君はあんなに可愛《かわい》いのに。

今や息子も同然な哲史は、蓮城家には欠かせない家族の一員である。稀有《けう》な双眸は、どんな高価な宝石よりも美しい。

杉本家の祖父母が相次いで他界し、ほかに身寄りもない哲史がひとり取り残されてしまったとき、普段《ふだん》は滅多《めった》に感情を露《あら》わにすることがない翼《つばさ》が。

――哲史をウチの子にしてください。

急に改まった口調で真剣《しんけん》にそれを口にした。

――お願いします。

深々と頭を下げて懇願《こんがん》する息子に、正直驚《おどろ》いた。

自分と他人との線引きがくっきりと明確で、自己主張が激しいというよりはむしろ排他的《はいた》――眼力《めぢから》ひとつで他人を威圧《いあつ》するのが日常化している翼が、まさかそんなことを言い出すとは思ってもみなかった。

――からではない。

父親である自分と過ごすよりも密な時間を共有している哲史が、翼にとってただの幼馴染《おさななじ》みではないことは明白だった。

――からでもない。

父子家庭という、我が息子になかなか目の行き届かない家庭環境《かんきょう》にあって、多少は性格に難があっても翼がきちんと他人と向き合うことを学べたのは哲史という存在があったからだということを、今更《いまさら》のように痛感させられたからだ。

出会うべくして出会う――必然性。

世の中には、そうとしかいいようがない出会いがある。

尚貴自身、翼の母親である茉莉花《まりか》との出会いは本気で『運命の赤い糸』だと思えた。きっかけは単なる偶然《ぐうぜん》かもしれないが、巡《めぐ》り合えたのはただの紛《まぐ》れ当たりではない。だから、だろうか。人と人との出会いには、年齢《ねんれい》や性別に関係なく、そこにはなんらかの意味があるのだと思えた。

翼が哲史に出会ったのは、小学校の入学式である。そこで、言わば、出会うべくして出会ったのだ。

早熟——なのではなく。

ただの擦《す》れ違《ちが》いで終わらなかった必然——である。

人生はランダム・サンプリングのごとく常に流動的であっても、磁石のS極とN極のように強く引き合う瞬間《しゅんかん》がある。人と人との巡り合わせとは、たぶん、そういうものなのだ。ただし、その出会いがすべての幸福に繋《つな》がるという保証などどこにもないが。

それは、ともかく。神宮寺の顧問弁護士がいったい今になって何用だろうかと、尚貴はわずかに眉《まゆ》を曇《くも》らせた。

久しく疎遠《そえん》であったかつての友人からいきなり電話がかかってくるときは、たいがいが厄介《やっかい》絡《がら》み。弁護士になってからの常識のようなものだった。

「はい。どのようなご用件でしょうか」

『実は先日、神宮寺正臣氏が死去されまして』

尚貴はわずかに目を瞠《みは》る。おそらく年齢的には尚貴と同年代であろうことを思えば、あまりにも早すぎる死であった。

「それは……ご愁傷様《しゅうしょうさま》です」

ただの社交辞令ではなく、だ。哲史にとっては最低最悪の父親であったが、それでも、唯一《ゆいいつ》の肉親であることに代わりはない。哲史を実家に置き去りにしていまだに行方《ゆくえ》知れずの母親と違い、少なくとも、正臣の生活基盤《せいかつきばん》はしっかりしていた。

哲史の母親と離婚して、再婚《さいこん》したことだけは聞いている。

まるで神経戦のような泥沼離婚をしたあとは二度と結婚は懲《こ》り懲《ご》り……なのかと思っていたら、正臣はすぐに再婚してしまったらしい。

それが別れた妻への当てつけなのか。それとも、哲史の青い目はただの口実であって、実際はその女性と結婚したいがための泥沼離婚劇だったのか。それは尚貴の知るところではないが。

（まさか、正臣氏の死去をわざわざ知らせるために、電話してきたとでも？）

尚貴が正臣の実子である哲史の後見人だから？

正臣が親権を放棄して以来、今日まで完璧《かんぺき》に絶縁《ぜつえん》状態なのに？

それを思えば、なんだかおかしな話だが。

いったい、なぜ？

今更、何のために？

内心、首を傾《かし》げまくりな尚貴は。ふと、思い当たる。

（もしかして、哲史君の相続権についてか？）

冷静に考えれば、神宮寺家の顧問《こもん》弁護士が正臣の死を機にわざわざ尚貴に電話をかけてくる理由はそれ以外にはありえないだろう。

親権を放棄したからといって、哲史が実子であることに変わりはないのだから。

『それで、ですね。正臣氏の遺言《ゆいごん》により、実子である哲史君にも財産分与《ぶんよ》されることになりまして』

「それは法定相続分としての、ですか?」

『――いえ。それとは別口で諸々《もろもろ》ございまして。正臣氏はかなりの資産家と申しますか、白金《しろがね》台《だい》の自宅とは別にいくつかの不動産物件を所有されていまして。そのうちのひとつを哲史君に相続させたいと思っていらしたようです』

尚貴は、内心、盛大なため息を漏《も》らした。

つまりは、哲史にはかなりな額の遺産が残されたということである。

哲史の後見人として尚貴はその相続権については最大限主張するつもりだが、長年音信不通だった父親の遺産をいきなり受け継《つ》ぐことになるだろう哲史の心情を思うと、なんだかやりきれなさのほうが先に立った。

実際、哲史は父親の顔も名前も知らないのである。哲史の中で家族と呼べる者は亡《な》くなった杉本の祖父母だけで、実母も実父も、赤の他人よりも遠い存在なのに違いない。

なのに、突然《とつぜん》、実父の遺産話なんて……。

(なんか……厄介《やっかい》なことにならなければいいんだけど)

哲史にとって父親が赤の他人も同然なら、それは神宮寺の家族にとっても同じことだろう。

赤木の言う『かなりの資産家』がどの程度のものなのかは知らないが、金が絡《から》むと人間の本性《ほんしょう》が様変わりしてしまうのは世間の常識でもある。

『それで、まず。哲史君の後見人でいらっしゃる蓮城先生にご報告方々、これからのことをご相談できればと思いまして』

「――わかりました。正臣氏の遺言内容も確認《かくにん》しておきたいと思いますので、近々、私がそちらの事務所に伺《うかが》うということでよろしいですか？」

『はい。蓮城先生のご都合さえよろしければ、ぜひ。本来ならばこちらから出向くのが筋かと存じますが……』

「いえ、お気遣《きづか》いなく。早速《さっそく》スケジュールを調整しまして、また、改めてご連絡《れんらく》いたしますので。よろしくお願いいたします」

『こちらこそ、よろしくお願いいたします。では。失礼いたします』

受話器を戻《もど》して。尚貴は本音で思った。

(哲史君に遺産を残すくらいの気持ちと甲斐性《かいしょう》があるなら、どうして生きてるうちにもっと父親としての愛情を示してやらなかったんだろうなぁ。哲史君だって、そのほうがよっぽど嬉《うれ》しかっただろうに)

――間違《まちが》いなく。

哲史が欲しいのは金ではなく、ごく普通《ふつう》のささやかな幸せ――両親からの無償《むしょう》の愛情だったに違いないのだから。

我が子を捨てた後悔《こうかい》？　贖罪《しょくざい》？　それだって、極論を言ってしまえば身勝手な自己満足なのではなかろうか。

それを思うと、どうにもため息が止まらない尚貴であった。

＊＊＊＊＊　Ⅰ　＊＊＊＊＊

その日。

沙神《さがみ》高校では、一学期期末テストの最終日であった。


二学年最終日の三時間目は数学である。

中には、数学が大好きでたまらない者もいるだろうが。たいがいの生徒にとっては苦手な科目ベスト1であることは間違いない。

期末テストの時間割が発表されたとき。

——げっ。

——ウソ。

——なんで、よりによって最後の最後が数学なわけ？

——マジかよ。

――もう、サイアク。

生徒たちのブーイングは止まらなかった。

好きなものは先に食べるか、最後に残しておくか。それは個人的趣向《しゅこう》だろうが、期末テストは四日間の短期決戦である。

集中力には限界があるから、苦手なものや嫌《きら》いなものはさっさと先に済ませてしまいたい。それが常識的なテスト心理というものだろう。

新館校舎、三階。

二年七組。

刻々と時間だけが過ぎていく教室はひっそりと静まり返っていた。

設問を次々にクリアしていく者のペンシル音は滑《なめ》らかで、リズミカルだ。かと思えば、やたらペンシルを指でいじっているだけで、ちっとも先に進めない者もいる。中には、テスト用紙を凝視《ぎょうし》したまま固まっている者や、数式の呪縛《じゅばく》にはまって焦《あせ》っている者もいる。

マーク・シート方式であれば、とにかく、どれかを黒く塗《ぬ》りつぶしておけば紛《まぐ》れ当たりも狙《ねら》えるだろうが、今の今の、それは――無理。不正解と白紙解答は結局イコールであって、ケアレスミスは考慮《こうりょ》されない。まぁ、それはどの教科であっても同じことだが。

そんな中。蓮城翼は答案用紙を裏返したまま窓の外を見ていた。

超絶《ちょうぜつ》美形が何をやってもサマになるのは、誰《だれ》もが認める沙神の常識だが。いつもは眼力ひとつで周囲を震《ふる》え上がらせる達人がごく普通に物思いにふける顔つきは、ずいぶんと穏《おだ》やかですらあった。

その胸中は一言で表すなら——楽勝？

残り十分で、すでに余裕《よゆう》のポーズ？

残念ながら、迫《せま》りくるタイムリミットと格闘《かくとう》中のクラスメイトはそんな翼に嫉妬《しっと》と羨望《せんぼう》の眼《まな》差《ざ》しを向ける暇《ひま》も余裕もなかったが。

数学なんて受験のための篩《ふる》い落としであって、社会人になってごく普通に生活していくのには不要だろう。小学校で習う基本さえわかっていれば、それで充分《じゅうぶん》。それに賛同する者は大勢いても、学生時代の鬼門《きもん》は避《さ》けては通れない。

だが、翼は別段苦にはならなかった。

数学はパズルと同じで、基本さえわかっていればすぐに解ける。言葉のひっかけやスペルの間違いなど気にする必要がないから、導き出される答えはすっきりと明快である。

だから、翼は数学が好きだ。

どんなに難解であっても、そこに方式はあっても感情は不要だからだ。

いっそ、人間関係もそうであればいいのにと思う。

合理的でドライに割り切れる社会で、嫉妬や恨《うら》みのないすっきりと明快な人生。

——夢だな。

そう、思う。人間は生殖本能《せいしょく》とは別口で、ドロドロとした感情を引きずって生きている動物だからだ。

人は、翼を外見で判断する。

『可愛《かわい》い』

『綺麗《きれい》』

『美形』

年齢《ねんれい》が上がるにつれてその形容詞は変化していったが、露骨《ろこつ》に褒《ほ》めそやされるたび、翼はムカついた。

——だから、なんだッつーのッ。

それに尽《つ》きた。

好き勝手にミーハーされるのも、気安く触《さわ》られるのも、親切を押し売りされるのも、大嫌《だいきら》いだった。

他人は翼を勝手にイメージして、好きに盛り上がって、中身との落差に幻滅《げんめつ》する。いや——畏怖《いふ》する。

顔がいいから性格も可愛い、可愛くあるべきだ——なんて。そんなのはただの幻想である。

よけいなお世話の嘘《うそ》っぱちである。都合のいい妄想《もうそう》である。

押し付けられたイメージと違《ちが》うというだけで、謂《いわ》れなき誹《そし》りを受ける。

——えーッ、ウソぉ。

——ぜんぜん違う。

——あの顔で、そりゃないだろ。

——マジで、サギ？

だったら、いっそ無視すればいいのに。ドン引きしても視界からシャットアウトするには無理がある。——らしい。

遠巻きに見ているだけなら、眼福。耳タコな台詞《せりふ》である。

顔で得をしたことなど一度もない。きっぱりと断言してしまえる翼であった。

顔で翼を差別しなかったのは、哲史と龍平《りゅうへい》だけである。

父子家庭という環境《かんきょう》で、やたら押し付けがましい厚意《こうい》——特に母親と名の付くおばさん連中の——に辟易《へきえき》して嫌悪《けんお》しても変に歪《ゆが》まなかったのは、父親である尚貴に愛されているという自覚があったからだ。

もっとも。その父親は。

「お父さんとお母さんは出会ったとたんに恋《こい》に落ちてしまったんだよ」

真顔で『運命の赤い糸』伝説というノロケを口にするロマンチスト、亡《な》き妻を語り出すと止まらなくなるという悪癖《あくへき》の持ち主だった。

母親は翼が幼稚園児《ようちえんじ》のときに亡くなった。もともと身体《からだ》が丈夫《じょうぶ》ではなかったのが翼を生んでからはますます体調が悪くなり、家にいるよりも病院に入院していることが多かったせいもあり、翼には母親の顔も声も温《ぬく》もりもあまり記憶《きおく》にない。

はっきりと覚えているのは白い病室と、見知らぬ老人が父親を罵《ののし》っている姿だけだ。

「おまえがしなくてもいい苦労をさせたから、茉莉花は死んだ。おまえが、茉莉花を殺したんだッ」

最愛の妻を亡くして悲しみに打ちひしがれている父親は反論しなかった。

——できなかった。

だから、翼は高飛車に怒鳴《どな》りまくっている老人の足を思うさま蹴《け》りつけてやった。

「パパをいじめるなッ、クソジジイ」

大好きな父親を鬼《おに》の形相で口汚《くちぎたな》く罵るクソジジイに我慢《がまん》できなかった。

「とっとと帰れッ、クソジジイ」

母親の死に顔などまったく覚えていないが、そのときのことだけは記憶が鮮明《せんめい》だった。その『クソジジイ』が自分の祖父だと知ったのはだいぶ後になってからだったが、いつもにこやかな父親が悲しみでいっぱいになった顔はいまだに忘れられない。

嬉《うれ》しかったことや楽しかった記憶は時間とともに色褪《いろあ》せ薄《うす》れていくのに、初めて憤《いきどお》りを覚えた瞬間《しゅんかん》は脳裏《のうり》にくっきりと焼き付いてはなれない。

それでも。翼が死んでしまった母親を身近に感じられるのは、アルバムやビデオに生前の母親が残されていたからだ。両親の仲睦《なかむつ》まじい姿が、生まれたばかりの翼を抱《だ》いて幸せそうに微笑《ほほえ》む母親が、そこでは時間を超《こ》えて生きていた。

もちろん。翼が生まれてからはその成長記録も倍増したが。なにより、尚貴がことあるごとに妻との思い出を語ることで、母親をよりリアルに感じることができた。

たまにウザい……と思うことはあっても、その積み重ねがあるからこそ、翼は人を愛するという意味と愛される喜びをきちんと自覚することができた。だからといって、自分が博愛主義者になれるとはまったく思わなかったが。

すべての人に優《やさ》しく。

それは、ただの偽善《ぎぜん》である。善意のボランティアも、突《つ》き詰《つ》めて言ってしまえばただの自己満足にすぎない。

誰かのため、とか。

何かのため、とか。

それを無言実行で一生涯貫《いっしょうがいつらぬ》き通せば、その行為《こうい》は称賛《しょうさん》に値《あたい》するとは思うが。無償《むしょう》で他人に奉仕《ほうし》することが美徳などとは思わない。

自分がやってもらって嬉しかったことを他人にもやってあげるという言動が、嫌《きら》いだ。それこそ、究極のお節介《せっかい》に思えて。

翼の基本は、自分がやられて嫌《いや》なことはしないことである。そこには、実害を被《こうむ》ったときには三倍返しという必須《ひっす》条件がつく。口で言ってもわからないバカな連中に泣き寝入《ねい》りする必然性は微塵《みじん》も感じないからだ。

それが、理不尽《りふじん》なトバッチリであればなおのことである。

この世の中で何が一番嫌いかというと、くっきり、はっきり三倍返しを公言しているにもかかわらず翼をダシにして哲史を傷つけるクソ野郎《やろう》どもだ。そんなノーナシは絶対に容赦《ようしゃ》などしない。

そんなバカヤロー集団を親子ともどもメッタ斬《ぎ》りにしてから、学校生活も少しは風通しがよくなるかと思えば、また別口の問題が勃発《ぼっぱつ》してしまった。

体育の授業で起きたアクシデントで哲史の左目のカラーレンズが取れて、哲史本来の青瞳《せいとう》が剥《む》き出しになってしまったのだ。その経緯《けいい》とその後の様子を翼から聞いた尚貴は、しみじみと言った。

「そう……。哲史君にとっては、顔の青アザよりもそっちのほうがよっぽど痛かったってことだね」

蓮城家では、哲史は黒のカラーレンズはしていない。翼にとっても尚貴にとっても青い目の哲史は見慣れた日常でしかなかったが、哲史にとって、その真実を学校内で曝《さら》すということは過去のトラウマを掻《か》きむしられることでしかないということを、今回、翼はまざまざと見せつけられたような気がした。

(そうだよな。努力してどうにかなるもんならトラウマじゃねーし)

それだけ、心の傷が深いのだ。

自分をダシにした理不尽なトバッチリなら、きっちり三倍返しも辞さない翼だが。事が哲史自身の問題――それが生まれ持った青瞳というアイデンティティーに関《かか》わると、じっと静観するほかない。

哲史の青瞳は綺麗《きれい》。大好き。翼にとっては、どんな高価な宝石よりも価値がある大事な宝物であるが。それは哲史自身が乗り越《こ》えていかなければならないことだからだ。

じっと見守ることで哲史を支える。それが翼の役割だが、こんなときは、自分の気持ちを自分流の言葉で素直《すなお》に口にできる龍平のあの大らかさが心底羨《うらや》ましいと思う。

(まぁ、龍平のアレは誰《だれ》にも真似《まね》のできない特殊《とくしゅ》能力みたいなもんだから。しょうがねーか)

翼も哲史も龍平も、無い物ねだりをする愚《おろ》かしさなら嫌というほど知っている。

人は、人。

自分は、自分。

その上で足りないものを補い合えるのが幼馴染《おさななじ》みの特権というものだ。

そういうことをさりげなく本音でやってしまえる確かな絆《きずな》が、自分たちにはある。翼にとって、それは絶対に喪《うしな》えないものだ。

未成年という縛《しば》りがある限り、できることとできないことの境界線はある。限界も、ある。

そこさえキッチリ押さえておけば、間違《まちが》えなければ、あとのことはどうにでもなる。

そんなことをつらつらと思っていると、ようやく、終了《しゅうりょう》のチャイムが鳴った。

◆◇◆◇◆

三時間目のチャイムが鳴り終わってすべてのテストが終了してしまうと、その解放感で、とたんに校舎全体が一斉《いっせい》にザワついた。

期末テストが終われば、夏休みは目前である。まぁ、テストの成績次第《しだい》では一喜《いっき》一憂《いちゆう》かもしれないが。

二年一組。回収したテスト用紙の束を持って監督《かんとく》教師が教室を出て行くと。

「はぁぁ……終わったぁ」

天然脱力《だつりょく》キングこと市村《いちむら》龍平は自席に座ったまま大きく伸《の》びをした。ついでに、試験勉強で凝《こ》り固まった疲《つか》れをほぐすようにコキコキと首を鳴らす。

(んー……やっぱ、鈍《なま》ってるって感じ)

なんとなく、身体が重い。

テストの一週間前から、龍平が所属するバスケ部だけではなくすべての部活は中止になる。学生の本分は勉学。

せめてテスト前くらいは集中して勉強に励《はげ》むように——との、学校側の配慮《はいりょ》なのかもしれないが。休日を挟《はさ》んで約二週間の部禁は、放課後はハードな部活漬《づ》けの毎日が常識——すでに生活リズムの一部になっている龍平にとっては、いい骨休め……ではなく、かえってなんだか物足りない。

だらける？

——違《ちが》う。

たるむ？

——でもなく。

毎日やるべきことをやっていないと、身体《からだ》のリズムが狂《くる》う。そんな感じ。

それを言うと。

「龍平って、部活の鬼だからな」

哲史にはクスリと笑われ。翼には。

「おまえは筋トレより、もっと脳味噌《のうみそ》を鍛《きた》えろ」

毎回低空飛行を続けるテスト結果にビシリとカツを入れられた。言外にユルユルの脳味噌……と言われたも同然の龍平は。

「ハーイ。頑張《がんば》りまーす」

素直にニッコリ笑顔《えがお》で返した。そんな龍平も、とにかく追試にはならないようにとそこは常々心掛《こころが》けている。

中間と期末テストの平均追試ラインは四十点。そこを死守できるかどうかが、夏休みは天国で終わるか地獄《じごく》になるかのデッド・ラインであるからだ。

追試が決定になると夏休みは強制的に夏期講習のカリキュラムが待っており、当然、部活も禁止になる。学生の本分――は大義名分ではなく、キッチリと最優先されるのである。そこらへん、赤点まみれになろうが留年にはならずに翌年は進級できる義務教育とはまったく違う。

それもこれも、わからないところは面倒《めんど》くさがらずにキッチリわかるまで教えてくれる哲史と翼のおかげだった。

哲史はともかく、日常的に冷凍光線《ツンドラ》を乱射しまくりな翼のそんな姿など、きっと誰にも想像できないだろう。

何事も、ただダラダラとやっても意味がない――主義の翼はテストの山張りがダントツに上手《うま》い。

「ここと、これと、そこを押さえておけば、とりあえず間違いないだろ」

おかげで、一夜漬《いちやづ》けの頭がパンクしないで済んでいる。

特に暗記物関係になると、ピンポイントの当たり外れで悲惨《ひさん》なことになる可能性は大きいので、大いに助かっている。それでも、凡《ぼん》ミスという天敵は消えてなくならなかったが。

毎日の授業よりも二人に教えてもらうほうが、断然わかりやすい。スパルタな翼と褒《ほ》め殺しの哲史という、まったく違うタイプなのに。

――それって、なんでだろう？

龍平は、それがずっと疑問でならなかったが。

「そりゃ、集中力の差だろ」

翼に言われて、初めて気が付いた。

「そっか。好きのレベルが大違《おおちが》いだってことだよね？　俺、テッちゃんとツッくんと一日中いてもぜんぜん飽《あ》きないし」

それって――違うから。

翼には呆《あき》れられ、哲史には爆笑《ばくしょう》されたが。龍平的には、大いに納得《なっとく》できた。

集中力イコール好きのベクトル。そこには、必然的に哲史の手料理を食い放題というオマケも付いてきた。

テスト前になると必ず蓮城家で泊《と》まり込みの試験勉強をやるのが、中学時代からの習慣だった。しかし。停学も留年もない義務教育時代は確信犯の落ちこぼれをやっていた翼は、一緒《いっしょ》に勉強をしてはいてもテストでその実力を発揮することは一度もなかった。

そこには小学校時代からの根深い担任との確執《かくしつ》があって、その事情を知る哲史はあきらめ顔だった。

その翼が、高校生になると一変した。

なにしろ。入学式では特進クラスを差し置いての新入生総代である。沙神高校は創立十年に満たない新設校だが、それでも開校以来の椿事《ちんじ》だと言われた。

宝くじに当たるのはただのラッキーだが、ただのまぐれで新入生総代にはなれない。

「…ったく。メンドクセー」

——を、連発しながらも。壇上《だんじょう》で総代という大役を難なく……いや、インパクト抜群《ばつぐん》にビシッと決めた翼を心底嬉《うれ》しそうに見やっていたのは哲史である。

「やる気全開の翼って、ホント、カッコイイよなぁ」

同感である。有言実行の三倍返しとはまた別口の迫力《はくりょく》があって、本当に痺《しび》れまくりの恰好良《かっこよ》さであった。

能ある鷹《たか》は爪《つめ》も隠《かく》さなくなった翼は、無敵である。

その美貌《びぼう》とも相まって、沙神のカリスマになった。

そのカリスマ性を見誤った連中に問答無用の毒舌《どくぜつ》制裁を喰らわし、早々に同級生はおろか上級生にまで恐《おそ》れられたが。それで翼の真価は発揮されても傷ひとつ付かなかった。

ただ綺麗なだけじゃない、鬼強《おにつよ》。それは主に哲史絡《がら》みで発動されるのも、もはや沙神の常識であった。

沙神高校には暗黙《あんもく》の不文律がある。

【蓮城翼に睨《にら》まれたくなければ、杉本哲史とはトラブるな】

翼の地雷《じらい》は龍平の地雷でもあるため、

【杉本哲史にチョッカイをかけて、市村龍平を怒《おこ》らせるな】

そこも、徹底《てってい》された。

二年生や三年生には校則よりもはるかに生きた教訓になったが、なんの免疫《めんえき》もない一年生とは極端《きょくたん》な温度差がある。その結果が、翼による『親衛隊シバき倒《たお》し』事件であり、それが発端《ほったん》になった『哲史吊《つ》るし上げ』事件、その果ての『一年五組不登校』事件であった。

――が、少なくとも。龍平たち幼馴染《おさななじ》み三人組としてのケジメはキッチリとついた。

(よーし。週明けの部活、頑張るぞー)

龍平の気持ちはすでに、夏休み前の部活モードに一直線であった。

◆◇◆◇◆

最後の期末テストが終わったあとのHR。

「ほーい。みんな、お疲れさん。でも、期末テストが終わったからって、すぐに気を抜《ぬ》くんじゃないぞ? 夏休みは目前でも、その前には成績評価っていう山がまだ残ってるからな」

二年三組のクラス担任である久保《くぼ》の言葉に。

「エーッ、試験が終わったばっかで、もうそれかよ?」

「マジ、サイテー」

「先生、ウザすぎィ」

「今日くらい、羽を伸ばさせてよぉ」

テスト最終日くらい、解放感を満喫《まんきつ》したい。

しかも、明日からは土・日曜休みの二連休。やることをやり終えたあとは、パーッと、気分直しに遊びまくるしかないでしょ！

そんなテンションを盛り下げる久保の台詞《せりふ》に、そこかしこで生徒たちのブーイングが炸裂《さくれつ》する。

（……だよなぁ）

そこらへん、杉本哲史も気分はクラスメートと同じである。

別段、一部のクラスメートのように『カラオケでテスト疲《づか》れのストレス解消』をしたいとも、『平日に繁華街《はんかがい》に繰《く》り出してランチ』をしたいとも思わないが。四日間の試験モードからの解放感は味わいたい。

特に何をやりたい……というわけではないが、平日の完全昼フリーというのはなかなかないことではあるし。

いつもとは違《ちが》う、テスト明けならではのワクワク感？

そんなことを思いながら、哲史はどっこらしょ……とばかりに席を立つと。

（サクサク終わらせて帰るぜー……ってか？）

今週の当番であるところの教室掃除《そうじ》に取りかかった。

とりあえず、自分の席の列の机と椅子《いす》を後方に押しやっていると。同じ掃除当番である女子たちが一斉《いっせい》にツカツカと歩み寄ってきた。

そんなことは滅多《めった》にない珍事《ちんじ》である。いや……冗談《じょうだん》ではなく。いったい何事かと、哲史はわずかに目を瞠《みは》った。

「ねぇ、ねぇ、杉本君」

何を思ってか、水沢《みずさわ》が声を潜《ひそ》める。

「——何？」

つられて、哲史のトーンも自然と落ちた。

「男子と、何かあったの？」

「は……？」

思わず、マヌケた声が漏《も》れた。

「だから、クラスの男子となんかトラブってるのかって」

トラブル？

自分と、クラスの男子が？

「や……別に」

なんの心当たりもなくて、哲史が即《そく》否定すると。

「ホントに？」

水沢は思いっきり疑わしそうに哲史の目を覗《のぞ》き込んだ。その視線に押されて、哲史の腰《こし》がわずかに退けた。

「やっぱり、なんか訳あり？」

「なんなの？」

「どうなってんの？」

ここぞとばかりに女子が詰《つ》め寄る。

おい。

——おい。

——おい。

いきなりの展開に、哲史は焦《あせ》る。

翼の下僕志願の男子に取り囲まれて、あれこれイチャモンをつけられるのは悪慣れしている哲史だが。基本、三倍返しを公言する翼の容赦《ようしゃ》ないブラック大魔王《だいまおう》ぶりと龍平の大魔神《だいまじん》もどきの変貌《へんぼう》ぶりをリアルに実体験したことのある女子は、哲史に対する危機意識は極《きわ》めて高い。

気分はすでに『触《ふ》れなければ祟《たた》りなし』の心境で、こんなふうに集団で哲史を取り巻くことなど滅多にない。

そんな、いつもとは違うパターンに哲史はドッキリする。

「や……だから、何もないって。つーか、なんで、そんな話になってるわけ？」

その理由が知りたい。

「だって、ねぇ？」

「そうだよ」

「絶対、変だよね？」

女子たちは意味ありげに目配せをする。

「だから、何が？」

その意味を計りかねて哲史が更《さら》に突《つ》っ込むと。

「男子たちの態度が」

「変にキョドってるし」

「もう、ミエミエだよね？」

「杉本君を見る目が、なーんかもの言いたげでさぁ」

「そう。……怪《あや》しい」

そこまできっぱり断言されて。哲史も、ハタと思い当たる。

それって……もしかして。

いや。もしかしなくても、やっぱり、そ、そうなのだろうかと。

「ランチタイムになると、もう完璧《かんぺき》にビビりまくり？」

「いつもだったら、蓮城君、あたしたちには目もくれずに杉本君にまっしぐらなのに、このところなんでか知らないけど、クラスに入ってくると、あの絶対零度《れいど》の視線でザーッとクラスをひと舐《な》めするのよ」

「あれって、心臓に悪いよねぇ」

「ホント。ズクズクしちゃう」

「市村君の満開の笑顔《えがお》っていう癒《いや》しがなけりゃ、マジでツンドラ状態だし」

暴言。

失言。

なにげなく漫言《まんげん》？

女子の本音がビシバシ炸裂して。

（……ハハハハ）

内心、哲史は乾《かわ》いた笑いを漏らす。

「今まで完全黙殺《もくさつ》が定番だった蓮城君がそういうことをするってことは、絶対に杉本君絡《がら》みで何かあったってことでしょ？」

そういう決めつけは、いかがなものか？

サックリと口にできればいいのだが。あいにくと、心当たりが多すぎて。冗談で受け流しにもできない。

——と、いうか。女子に言われて初めて気が付いたというのも、いいかげん大マヌケと言えなくもないが。

哲史は別に、クラスの男子とトラブっているわけではない。

——ないが。例の体育館のアクシデント以来、クラスの男子の視線が妙《みょう》にウザいと感じていたことは事実だ。

左目の黒のカラーレンズが外れて青瞳《せいとう》が剝《む》き出しになった件については、その場で藤堂《とうどう》が一発派手にカマしておいてくれたらしい。

哲史が自分から目のことをオープンにしない限り、秘密は秘密のままでいい。面白《おもしろ》おかしく吹《ふ》いて回るんじゃねーぞ。自分の言動にはキッチリ自己責任がついて回ることを忘れるな——と。

それは、単に、外が雨で運動場が使えなくなった三年生と体育館を分け合ったときに起こったアクシデントだったからではなく、藤堂が生徒会執行部《しっこうぶ》の会長であったからこその言葉の重みだったに違いない。

哲史が保健室でヘタっている間に、そんなふうにフォローしてもらえていたなんて、まったく予想もしていなかっただけに本当にありがたかった。

他人にとってはたかが青い目——かもしれないが。哲史にとっては、いまだに克服《こくふく》できていないトラウマである。そういう事情を知らないであろう藤堂がとっさの判断でそうしたフォローを買って出てくれたことには感謝してもしたりないくらいだ。

極力意識しないように、いつも通りに振《ふ》る舞《ま》うことの難しさ？

クラスの男子の気持ちとしては、それに尽《つ》きるかもしれない。

あの一件以来、哲史と男子たちの間に、見えない薄《うす》い膜《まく》のような居心地《いごこち》悪さみたいなものができてしまったことは否《いな》めない。

男子たちにしてみれば。

——なんで？

——どうして？

——何が、どうなってんの？

気軽にツッコミを入れられない雰囲気《ふんいき》に、むしろ困惑《こんわく》しているのかもしれない。

彼らにとっては哲史の目が何色であろうと、さしたる意味はない。——かもしれない。

なのに。藤堂からは、まるで箝口令《かんこうれい》じみたようなことを言い出されて。中には。

——それって、どうよ？

内心ムカついている者がいないとも限らない。

けれども。面と向かって哲史にそれを問い質《ただ》そうとするチャレンジャーはいなかった。

それは、もしかしたら。翼が藤堂の警告に駄目押《だめお》しで上書きを——女子が言うところの『絶対零度の視線でクラスをひと舐め』にしていたからかもしれない。

おまえたち、よけいなことを勝手に垂れ流しにすんじゃねーぞ。

――みたいな？

単にありがち……というよりはむしろ、翼だったらやりかねないような気がした。

それが男子たちにとっては無言の圧力だったとしても、哲史にとっては、

（翼ってば、相変わらず過保護だよなぁ）

妙にくすぐったいだけで、不快感など微塵《みじん》もなかったが。

（……うん。俺も、翼や龍平に心配かけないようにもっと頑張《がんば》らないと）

それで、トラウマが一気に解消できるとは思わなかったが。できることから一歩ずつやっていくしかない。

突然《とつぜん》のアクシデントでいきなり過去がリバースしたショックと動揺《どうよう》は隠《かく》せなかったが、今後の自分を再認識《にんしき》するための布石にはなった。

あるがままの自分をさらけ出す勇気？

そこまで吹っ切れるにはまだまだ時間がかかりそうだ。

だが。

「なんかねぇ、変な居心地悪さっていうの？」

「すっごく気になるんだけど」

「そこらへん、どうなの？」

遠慮《えんりょ》のないツッコミにも。

「あれ、別に睨《にら》んでるんじゃなくて、凶悪《きょうあく》的に無愛想《ぶあいそう》な翼も、ようやくみんなに慣れてきたってことだから」

サラリとかわすことができた。

――え？

――マジで？

――そうなの？

――ぜんぜん、そんなふうには見えないんだけど。

女子たちの顔には、デカデカとそう書いてある。

「やっぱり、ランチタイム効果ってスゴイよね」

ニッコリ笑って駄目押しをして。

「ンじゃ、サクサク終わらせてしまおうよ」

サックリと背を向ける哲史であった。

＊＊＊＊　II　＊＊＊＊

中学二年生の神宮寺《じんぐうじ》悠斗《ゆうと》と小学六年生の花音《かのん》兄妹《きょうだい》にとって、父親である正臣の死は突然の衝《しょう》撃《げき》だった。

仕事で出張していた先で交通事故に遭《あ》ったのだ。

原因は対向車線を走行していたトラックの居眠《いねむ》り運転だった。車線をはみ出してきたトラックと正面衝突《しょうとつ》し、即死《そくし》だった。

遺体の損傷が激しくて子どもには惨《むご》すぎるだろうということで、棺《ひつぎ》に収められた父親の死に顔すら見られなかった。

悲しかった。

たとえ、仕事が忙《いそが》しすぎて親子のスキンシップが足りない父親であっても。

辛《つら》かった。

どんなに多忙《たぼう》であっても、誕生日とクリスマスには家族揃《かぞくそろ》っての食事とプレゼントを欠かしたことのない父親であったから。

だったから。

無念で、胸がキリキリと張り裂《さ》けそうだった。

家族団欒《だんらん》というイメージからは遠かったが、皆《みな》がこぞって『有能』と褒《ほ》めそやす自慢《じまん》の父親だったから。

IT産業という時代の寵児《ちょうじ》の、あまりに若すぎる死。

経済界の損失だとも言われた。

告別式は盛大だった。そのほとんどが兄妹にとっては見知らぬ他人であったが、誰《だれ》もが沈痛《ちんつう》な顔つきで父親の死を悼《いた》んでいた。

それを眼前にすることで、悠斗は父親の偉大《いだい》さを今更《いまさら》のように認識することができた。

――しかし。

いったい。どうして。こんなことに……。込み上げる無念さは去らなかった。

父親との別れがあまりに突然すぎて、父親の死という現実に感情が追いつかなかった。

神様は不公平だと思った。

父親とはこれからもっと、いろいろなことをやれたはず。あんなことや、こんなこと、なんでもできたはずだと思うと、その可能性を突然奪《うば》ってしまった加害者のトラック運転手が憎《にく》かった。

もしも父親が病気で亡《な》くなったのなら、これほどの激情と喪失感《そうしつかん》は感じなかっただろう。

病魔《びょうま》に倒《たお》れたならしかたないと、諦《あきら》めることもできる。少なくとも、父親とは最期《さいご》にきちんと『さよなら』ができたはずだ。だが、それすらもできなかった。

自分たちの父親はなんの落ち度もなく死んでしまったのに、その元凶《げんきょう》である男は怪我《けが》をしただけ。それが、とても理不尽《りふじん》に思えた。

道路にはほかにいっぱい車が走っていたのに、どうして、トラックにぶつかったのが父親の車だったのだろう。

運が悪かった。皆がそう言って悲嘆《ひたん》に暮れた。

ほんの一秒でもタイミングがずれていたら……。その不運を嘆《なげ》く。

生死を分けたかもしれないその瞬間《しゅんかん》を、理不尽な運命を、悠斗はただ憤慨《ふんがい》することしかできなかった。

あまりに突然だった、父親の死。

泣いて。

泣いて。

涙《なみだ》が涸《か》れるほど泣いて。

――慟哭《どうこく》する。

しかし。本当の衝撃は、そのあとにやってきた。

ようやく父親のいない生活にも慣れ、本当に父親が死んでしまったのだと実感できるようになった――その日。父親の遺言状《ゆいごんじょう》が公開されたからである。

神宮寺家の顧問《こもん》弁護士である赤木からそれを告げられるまで、正臣の妻である結花《ゆか》も、そんなものがあるとは思いもしなかった。

病気で余命が限られたから、遺言状を書く。それならばなんの疑問も抱《いだ》かなかっただろうが、今回は突然の事故死である。

では、父親はずっと以前から万が一の場合に備えて遺言状を残しておいたことになる。

実際。神宮寺家はＩＴ長者と呼ばれるほどの資産家だったから、きちんとした書面に残すことを赤木に進言されたのか。それとも、社長としての当然の義務だったのか。どういうつもりでそんなものを書いたのか。大人の世界のことは、悠斗にはわからない。

聞いてみたくても、もう聞けない。

遺言状なんてものは、普通《ふつう》、書いた人が死んでから公開されるものだからだ。

生前に何か心に期するものがあったから、万が一のことを考えて遺言を残す。それが必然なのだとしたら、父親はいったい何を自分たちに伝えたかったのか。

悠斗は突然逝《とつぜんい》ってしまった父親の胸中をあれこれ考えていたが、親族はむしろ遺言状があって当然……みたいにヒソヒソ囁《ささや》き合っていた。

「そりゃあ、神宮寺家の資産はハンパじゃないからな」

「それって、ほとんど正臣さん個人のだろ」

「遺産問題でゴタゴタするのも外聞が悪い」

「そんなものがなくても、遺産は結花さんと子どもたちで相続する方向で決まりでしょ？」

「まぁ、自宅と別荘《べっそう》、それにモロモロの不動産の名義をどうするかってことだろう」

これが、相続権利のある人間が多ければそれなりの問題が勃発《ぼっぱつ》して、テレビドラマのような醜《みにく》い泥沼《どろぬま》の財産争いなどが起こる可能性もあった――かもしれないが。そういった意味では、神宮寺の係累《けいるい》は淋《さび》しいものだった。

神宮寺の祖父母は悠斗が生まれる前に他界しており、正臣の姉は病死、登山家であった兄は冬山で転落死をしていた。

それもあってか、神宮寺方の親族とは特に親密な付き合いはなかった。亡くなった伯母《おば》と伯父《おじ》の家族には子どもがいたが、従兄弟《いとこ》と言っても悠斗たちとは年が離《はな》れすぎていて、かろうじて名前を知っている程度で実際に顔を合わせることは滅多《めった》になかった。

むしろ。母親の実家である真田《さなだ》家との関係のほうが密だった。悠斗たちにとって『従兄弟』と言えば真田方の伯父や伯母の子どもだった。

しかし。父親の四十九日の法要に神宮寺の従兄弟はいても真田の従兄弟はいなかった。なので、悠斗と花音は少しだけ暇《ひま》を持て余《あま》しぎみだった。

法要が終わったあと、皆で会食をするために場所を変えたところに弁護士の赤木がやってきた。そして、会食前に淡々《たんたん》とした口調で財産分与《ぶんよ》について述べ始めた。

「まず。正臣氏の遺産の二分の一は奥様に、残りの二分の一は三人のお子様に。それぞれ、成人されるまでは後見人が信託管理《しんたくかんり》することになります」

そう締《し》めくくったとき、座が妙《みょう》にザワついた。

(なんだよ、三人って……。弁護士のおじさん、間違《まちが》えてるよ)

悠斗がそれを思って、内心プッと噴《ふ》くと。

「あの、赤木先生。三人の子どもというのは何かの間違いでは？　主人の子は悠斗と花音の二人だけですが」

母親が怪訝《けげん》な顔つきで言った。

その通りである。悠斗と花音は二人兄妹である。

「いえ。三人のお子様で間違いありません。長男である杉本哲史君と次男の神宮寺悠斗君、そして長女の神宮寺花音さんです」

赤木の爆弾《ばくだん》発言に、親族はどよめいた。

もちろん、悠斗も花音もビックリ仰天《ぎょうてん》だった。

「え？　ウソ」

花音が大きく目を瞠《みは》り、悠斗は呆然《ぼうぜん》絶句した。

(誰だよ？　スギモトテツシって)

今初めて聞く名前に、鼓動《こどう》がドクドクと逸《はや》った。

そいつが——長男？

自分が、次男?
それって……どういうこと?
いきなりわけがわからない展開に、心臓がバクバクになった。
(他所《よそ》にパパの子どもがいたってこと?)
うそ。
——ウソ。
——嘘《うそ》。
考えたくないけど。
認めたくないけど。
信じたくないけど。
もしかして。
——もしかすると。
父親には愛人がいたのだろうか?
浮気《うわき》?
不倫《ふりん》?
テレビのワイドショーでは定番の言葉が、頭の中で浮《う》かんでは消えた。
その女との間に、子どもがいた?

いやだ。

──イヤだ。

──嫌《いや》だ。

こめかみをガンガン蹴《け》り付ける音がした。

もしも、それが本当なら？

──どうなる？

それを思うだけで、心臓がドックン、ドックンとがなり立てた。

すると、母親が。

「それって……もしかして、正臣さんが離婚《りこん》した先妻さんとの子どもですか？」

掠《かす》れた声で言った。

表情ひとつ変えずに、赤木が答えた。

「そうです」

……え？

……えっ？

……エーッ？

（離婚？　先妻との子どもぉ？）

悠斗がこぼれ落ちんばかりに双眸《そうぼう》を見開くと。

「パパって……バツイチだったの？」

花音が悠斗の気持ちを代弁した。

聞いてない。

知らない。

そんなこと——今、初めて聞いた。

父親の愛人ではなく、離婚した元妻の子ども？

たとえ相手が愛人ではなく元妻だったとしても、自分たちに異母兄《けい》がいるなんて、悠斗にしてみれば大ショックだった。

「あたしたち……他所にお兄ちゃんがいたんだ？」

花音の顔も口調もすっかり強《こわ》ばりついている。

「でも……あの、正臣さんは、その子の親権を放棄《ほうき》したはずでは？」

遠い記憶《きおく》をまさぐって、結花が口にする。

正臣とは、友人の結婚《けっこん》式で出会った。結花は新婦側で、正臣は新郎《しんろう》側の友人だった。

そのとき二次会のパーティーで、友人たちから注がれる祝杯《しゅくはい》でかなり出来上がってしまった新郎が、

「こいつ、バツイチですけど、どうっすか？」

——を連発して。

「おまえ、いいかげんにしろ」

正臣に本気でウザがられていた。それが縁《えん》で、付き合いが始まったのだ。

いかにもありがちな、ベタなきっかけ。言ってしまえば、そうかもしれないが。

たぶん、出会いは第一印象で決まるのだろう。そのときはもう、正臣に惹《ひ》かれていたような気がする。それを思うと、縁というのは本当に不思議なものだ。

バツイチということもあってか、正臣はなかなかプロポーズをしてくれなかった。だから、結花のほうから押しきったのだ。結花にとって、正臣はそれだけの価値のある男だった。元妻の名前すら知らなかったが。

（元妻さん、別れてくれてありがとう）

本音で、そう思えた。

どんな理由で離婚したのかはまったく興味も関心もなかったが、元妻との間には子どもがいて、その子どもの親権を放棄したことを教えてくれたのは、当時はまだ健在であった義母だった。いずれ、どこからか耳に入るだろうからと。

それ以前に、正臣と結婚を前提に交際をしていることを挨拶《あいさつ》に行ったとき。

「本当に、あの子でいいの？」

真剣《しんけん》に問われた。

それはもしかして、正臣がその子の養育費を結婚後も払《はら》い続けていかなければならないことへの、結花の覚悟《かくご》を問われたのかと思ったが。元妻はそれすらも拒否《きょひ》したらしいと聞いて、なんだかホッとした。別れてしまったら、顔も見たくないし、その存在を消し去ってしまいたいタイプなのかとも思った。それで、正臣と結婚することの障害は何もなくなった。

義母は悠斗が生まれることをとても楽しみにしていてくれたが、それを見届けることなく逝《い》った。

正臣は元妻のことも親権を放棄した子どものことも、一切《いっさい》口にしなかった。

誰《だれ》にだって、触《ふ》れられたくない傷はある。だから、それっきり結花も忘れてしまった。なのに。今、そのとき名前も知らなかった元妻との子どもの存在をいきなり突《つ》きつけられて、結花はなぜだか自分でも驚《おどろ》くほど動揺《どうよう》していた。

「親権を放棄しても、杉本哲史君が正臣氏の実子、つまりは法定相続人であることに変わりはありませんので」

赤木は事実のみを淡々《たんたん》と告げる。

法定相続人という言葉の違和感《いわかん》。それは、正臣の意思とは関係なく遺産の相続人に指定されるということである。

「あの……正臣さんがそれを望んでいなくても、ですか？」

結花は、そう解釈《かいしゃく》した。

「――いいえ。正臣氏は、杉本哲史君には相応の財産分与《ぶんよ》ができるようにとの遺言《ゆいごん》を残されています。万が一、杉本哲史君がそれを放棄するのであれば、残りはすべて悠斗君と花音さんに分与されます」

それは、結花にとっては予想外の驚きというより予想外の衝撃《しょうげき》だった。親権を放棄した息子《むすこ》のために、そこまで正臣が心を砕《くだ》いていたのだと知って。

離婚の条件として親権を争わずに自ら放棄したということは、息子には愛情を持てなかったからだと思っていた。はっきり聞いたわけではなかったが、義母の口ぶりでは離婚の原因がそこらへんにありそうだったからだ。

ただの一度も息子の名前すら口にしたことのない夫が、悠斗と花音と同等に、いや……もしかしたらそれ以上に想《おも》っていたかもしれない。それを、今初めて眼前に突きつけられたような気がした。

それは、取りも直さず、自分と子どもたちにとっての酷《ひど》い裏切り行為《こうい》のようにも思えた。

◆◇◆◇◆

白金台の家に戻《もど》ってきた、その夜。母親が無言のまま自室にこもるのを見届けて。

「あたしたちにお兄ちゃんがいたなんて、なんか……ビックリだね」

花音がボソリと言った。

花音にとっては異母兄がいたことが『ショック』ではなく、ただの『ビックリ』なのかと思ったら、悠斗は少しだけムカついた。ぶっちゃけ、悠斗は本音でショックありありだったからだ。

バツイチだけなら、別になんとも思わなかった。ただ自慢《じまん》の父親が自分たちだけの父親ではなかったことが、どうにも認めがたくて。

なんの予備知識も覚悟もなく、いきなりあんなことを切り出されて、ショックのあまりバクバクになった心臓が口から飛び出るかと思った。

杉本哲史。

顧問《こもん》弁護士がその名前をフルネームで何度も連呼するたび、胸《むな》くそが悪くなった。

真田方の親族はいきなり現れた見知らぬ相続人に不満そうだったが、悠斗は分与される額など別にどうでもよかった。ただ、異母兄の存在が頭の上に重くのしかかっていた。

「ママも、けっこうショックだったみたい」

それは、そうだろう。

ただのバツイチではなく、子どもまでいたのだから。

世間で言われる隠《かく》し子も同然？

浮気《うわき》や不倫《ふりん》ではなく元妻の子どもであっても、受けるショックは同じだろう。母親がどこまで承知しているのかは知らないが、たぶん——きっと、自分と同じように父親に裏切られたような気がしたのではないだろうか。

騙《だま》された？

――違《ちが》う。

父親には父親としての考えがあったのかもしれないが、いきなり、何もかもが嘘《うそ》っぱちになってしまったような気がした。

「どういう人なんだろうね？」

「何が？」

「あたしたちのお兄ちゃん」

「花音。おまえ、気安くお兄ちゃんなんて呼ぶなよ」

「えー、どうして？」

「今日まで、ぜんぜん、まったく存在しなかった奴《やつ》だぞ？　そんなの、赤の他人も同然だろ」

名前だけわかったからと言って、年齢《ねんれい》も顔も、どこにいるかも知らないのだから。

それを思うと、ムカついた。

すっごく――ムカついた。

そんな一大事を、今まで知らなかったことが。知らされていなかったことが。突然暴露《とつぜんばくろ》された事実が、どうにも重すぎて。なんだか、目眩《めまい》までしてきそうだった。

「お兄ちゃんは気にならないの？」

リビングのソファーから身を乗り出すように問われて、一瞬《いっしゅん》、グッと言葉に詰《つ》まった。気にならないどころか、気になりすぎて頭がグラグラする。

離婚《りこん》して母親姓《せい》に戻った子どもが、この先、自分たちの生活を脅《おびや》かすモンスターにはなりえなくても、知ってしまった異母兄《けい》の存在は無視できない。

「向こうは、あたしたちのこと……知ってるのかな？」

「どうでもいいだろ、そんなこと」

ブスリと言い捨てて、悠斗は重い足取りで二階の自室へと上がっていった。

◆◇◆◇◆

自室のドアを閉めるなり、結花はどっぷりとため息をついた。

（はぁぁぁ………）

疲《つか》れた。

——とても。

身体《からだ》の芯《しん》からどんよりと重くて、手足まで鈍《にぶ》く痺《しび》れてしまいそうだった。

出張先から夫の訃報《ふほう》が届いたときには、ただただショックで何も手に付かなかった。頭の芯が不協和音を起こしてしまったようで、変わり果てた夫の遺体を前にしても、それが夫ではなく誰か別人ではないかと思えて。手足が強《こわ》ばりつき、顔は引き攣《つ》って、満足に息をすることもできなかった。

正臣は死んだ。

普段《ふだん》、正臣はいつも名前で呼んでくれた。『おい』でも『おまえ』でもなく、子どもが生まれても『ママ』ではなくちゃんと『結花』と呼んでくれた。それが、とても嬉《うれ》しかった。

だから、自分も『正臣さん』と呼び続けた。

子どもたちには『ラブラブ』などと冷やかされても、互《たが》いを名前で呼び合うことで愛情が深まっていったように思えた。

けれど、正臣は死んだ。

二度と声を聞くこともできないし、その目は自分を見てもくれない。受け入れがたい事実を現実として認めざるを得なかった。

告別式。

初七日。

四十九日の法要。

夫を不慮《ふりょ》の事故で失ってしまった慟哭《どうこく》を乗り越《こ》え、現実を受け入れ、これからの生活を見据《みす》えるための日々だった。

——なのに。

今日。新たな衝撃が走った。

「おまえ、正臣君からは何も聞いてなかったのか?」

兄が言った。

遺言状《ゆいごんじょう》のことだ。

――知らない。

何も聞いていない。

そんなものがあることさえ知らなかった。

遺言状のほかには、生命保険が二種類あった。ひとつは、結花が受取人だった。もうひとつは、杉本哲史名義だった。どちらも同額だった。

残された家族三人と、親権を放棄《ほうき》した息子が同等。

金額が問題なのではない。不快感でもない。ただ、『杉本哲史』というこだわりが拭《ぬぐ》えなかった。

正臣との結婚《けっこん》は順風満帆《じゅんぷうまんぱん》だった。正臣が立ち上げた会社が時代の波に乗って大きく飛躍《ひやく》を遂《と》げて、二人の子どもにも恵《めぐ》まれ、その絶頂期に正臣を亡《な》くしてしまった喪失感《そうしつかん》は耐《た》え難《がた》かったが、自分には悠斗と花音がいる。だから、頑張《がんば》れる。正臣の分まで……。そう思っていた。

なのに。今までの幸福感がいきなりマイナスになってしまった気がした。

「もしかしたら、正臣さんも、あんなことにならなければいつかちゃんと、あんたと話し合う機会が持てると思ってたんじゃないのかしらねぇ」

姉は、そう言って慰《なぐさ》めてくれた。

遺言状は、花音が小学校に入学した年に書かれたものだった。それから、一度も更新《こうしん》はされていない。

正臣がどういう心境でそれを書いたのか、結花にはわからない。

健康上の問題などどこにもなかったから、それはあくまで定例的なものだったのか。それとも、単なる保険のつもりだったのか。あるいは、悠斗と花音が愛情に包まれて何不自由なくのびのびと育っていることを鑑《かんが》み、親権を放棄した子どもへの贖罪《しょくざい》のつもりだったのか。

――わからない。

今となっては、それも永遠の謎《なぞ》になってしまった。

生前の正臣は誠実だった。休日も何かしら多忙《たぼう》であったことを除けば、なんの不平不満もなかった。

言葉には出さなくても、妻と子どもを大切にしてくれる頼《たよ》れる夫であり、父親であった。良き家庭人……と言い切ってしまうには働きすぎだったが。

成長著《いちじる》しいIT企業《きぎょう》のトップにはありがちな女性関係のスキャンダルなど、ただの一度もなかった。

結花が知る限りでは、表に出ないだけで裏ではそれなりに遊んでいた――ようなこともなかった。

夫婦同伴《ふうふどうはん》が原則のパーティーなどでは、皆《みな》がこぞって正臣の愛妻ぶりを口にしていたくらいだ。

仕事には厳しい夫だったが、ゴシップとは無縁《むえん》だった。それは正臣が自分たち家族を愛し、なによりも大切に思っていたからだと信じていた。今も、そう信じている。

その誠実さゆえの遺言状だった。——と、言えなくもない。

だが。それならそれで、どうして元妻との間にできた子どもの存在をもっと気軽に話してくれなかったのだろうというこだわりが残る。

どうして。

もっと、素直《すなお》に。

その不満感が……消えない。

正臣がその子どもに対して、本当はどう思っていたのか。

それが、知りたい。知りたくても、正臣はもういない。

正臣の本音を聞きたくても、知りようがない。

確かめようがない。

思考はループする。いつまでも同じ所をグルグルと回り続ける。決して得られない答えを探し続ける虚《むな》しさが空回りするかのように。

結花はこれまで、どんなことでも分かり合える夫婦だと自負していたが。それはただの独り善がりの自己満足だったのではないかと、省《かえり》みる。

(はぁぁぁ……)

ため息が止まらない。

正臣を喪《うしな》って、これ以上の哀《かな》しみはないと思っていた。けれど、不幸ではない。それなのに今、予想もしていなかった石ころに思いっきり蹴躓《けつまず》いてしまったような気がした。

＊＊＊＊＊　Ⅲ　＊＊＊＊＊

一学期、終業式。

その日は、朝からうんざりするほど暑かった。

連日の熱帯夜のせいで住宅街はどこもかしこもエアコンがフル稼働《かどう》で、大気中にこもった熱気が明け方になっても充満《じゅうまん》したままだった。

そこへ、追い打ちをかけるように朝イチからセミの大合唱が始まると、一気にダレるというより、それはもう――ゲッソリだった。

そんな中。燦々《さんさん》と降り注ぐ……いや、ギラギラと照りつける太陽光線をものともせず。いつものように。

「テッちゃん、おはよーっ」

勝手知ったる足取りで蓮城家のダイニング・キッチンにやってきた龍平のテンションは全開だった。

期末テストの結果も、赤点を取らなければそれでＯＫという自己目標もクリアできたことではあるし。明日からは楽しい夏休みだと思うと、足取りも心も、いつも以上に軽かった。

「おはよう、龍平」

蒼《あお》い瞳《ひとみ》の哲史がニッコリ笑顔《えがお》で答えると。

「……ンふふ♡」

龍平の笑顔はトロリととろけた。

（んー、朝イチの眼福だぁ）

哲史の海碧《マリンブルー》の宝石を嵌《は》め込んだような双眸《そうぼう》見たさに、三十分以上も早く起床《きしょう》時間を繰《く》り上げて約一ヶ月。目覚ましのアラームを鳴りきりにさせてしまう達人——爆睡《ばくすい》王の龍平が一日も欠かさず頑張ってこられたのは、家を出る寸前まで哲史が黒のカラーレンズを入れないと翼が言ったからだ。

『朝イチで、哲史の青い目が見られるぞ』

それは、龍平にとっては魔法《まほう》の呪文《じゅもん》だった。

毎朝三十分早く起きるだけで、哲史の綺麗《きれい》な青い目を毎日堪能《たんのう》できるのだ。

（あー……幸せ♡）

ささやかな幸せも毎日コツコツと積み重ねれば、それはいつかサイコーの幸せになる。その胸いっぱいのハッピーを目指して、龍平の挑戦《ちょうせん》はただいま絶賛継続《けいぞく》中であった。

放課後の部活は生活のリズムの一部になっているから、どんなにハードでもまったく苦にはならないが。朝イチの眼福は一日の始まりに欠かせない龍平の日課になった。

「ツッくんも、おっはよー」

まるで付け足しのような挨拶《あいさつ》をされても、翼はまったく動じない。

「おまえ、今日はやたら気合いが入ってるな」

毎朝の定番である緑茶『橘貴《きったか》』を食後の一服にしながら、言う。

「だって、明日から夏休みだもん。学校も今日が最後かと思うと、気分もノリノリでしょ？」

それは、否定しない。

今日でひとまずモロモロの煩《わずら》わしさも打ち止めかと思うと、それだけで気分も清々する翼であった。

「龍平、コーヒーは？」

「いっただきまーす」

朝イチの眼福のあとは、インスタントではないモーニングコーヒーのオマケも付いてくる。

それも、今では蓮城家の定番になってしまった。

◆◇◆◇◆

とにもかくにも、終業式である。

擦《す》れ違《ちが》う顔見知りと朝の挨拶を交《か》わしながら教室に入り、自席に座って哲史はひっそりとため息をこぼす。

(ようやっと…って感じ)

去年はそうでもなかったが、今年はなんだか終業式までがやたら長かった。

自称《じしよう》『蓮城翼の親衛隊』に絡《から》まれたことがきっかけで、一年五組の不登校問題へと発展し、その後のゲタ箱レター事件、それでもって、極《きわ》めつけは体育館でのアクシデント。一日一日が濃密《のうみつ》すぎて、ものすごく疲《つか》れた。それが、哲史の本音である。

(だって、ほとんどはトバッチリだもんな)

それが一番の問題ではなかろうか。

哲史がトラブル体質なのではなく、否応《いやおう》なく巻き込まれてしまうだけである。なのに、その責任を問答無用で押しつけられてしまうのは、不本意。いや——理不尽《りふじん》ではなかろうか。

しかも。哲史なりのケジメはつけたはずなのに、根本的な問題は何も解決されていない。

それって……どうよ？

思わず愚痴《ぐち》りたくもなるというものだ。

だが。尚貴が言ったように、他人の都合に振《ふ》り回されることなく、すべては哲史の優先順位でいいのだと思うと少しは気が楽になった。

明日からは夏休み。

モロモロの問題にちょっとしたインターバルを置きたいと思っていた哲史にとっては、明日からの夏休みはちょうどいい仕切り直しだった。

(夏休みかぁ。翼と、どこかプチ旅行でも行きたいなぁ)

本気で思う。

現実逃避《とうひ》をしたいわけではないが、それなりのリフレッシュはしたい。

誘《さそ》えば、翼は嫌《いや》だとは言わないだろう。

本当なら龍平も誘いたいところだが、昨年の夏も部活のスケジュール優先だったから、まずは、そこをクリアしないと話も振れない。

(よっし。本気で計画を立てるぞ)

内心で力こぶを握《にぎ》ったとたん、朝のホームルームのチャイムが鳴った。

◆◇◆◇◆

キンコンカンコン…………♪

本日最後のというより、今学期最後のチャイムが鳴った。これで、当分は聞き納めである。

——とたん。一斉《いっせい》に校舎がザワついた。

「終わったーッ」

「夏休みだ、夏休み」

「遊び倒《たお》すぞーーッ」

口を突《つ》いて出るのは、一学期分の解放感。

跳《は》ね上がるのは、喜色。

さぁ、夏休み。

気分はすでに十人十色のバカンス模様だった。

皆《みな》がそれぞれ盛り上がっている頃《ころ》。佐伯翔《さえきしよう》は、どんよりした気分で本館校舎の階段を降りていた。

（とうとう夏休みになっちまった）

高校生になって初めての夏休み。

周囲はすでに夏休み一色だが。佐伯にしてみれば、皆と同じように双手《もろて》を挙げて浮《う》かれ気分にはなれなかった。

なぜなら。今、佐伯が抱《かか》えている疑問が何ひとつ解決されないまま、なし崩《くず》し的に夏休みに突入《とつにゆう》してしまったからだ。

ずっと集団で不登校を続けていた一年五組の緊急《きんきゆう》クラス会の結末がどう付いたのか。それを知りたいと思っても、その情報はチラリとも漏《も》れてこなかった。

——なんで？

その上、高山《たかやま》たちが哲史宛《あて》に出した『ゲタ箱レター』の真意すら、わからない。

——おかしいだろ。

佐伯はその内容を知りたかったが、一年五組の連中はその理由を知りたがって佐伯を集団で取り囲んだ。

基本、佐伯は一年五組の連中が嫌《きら》いだった。一人では何もできない根性《こんじょう》ナシのくせに、集団で威圧《いあつ》すればどうにかなると思っているからだ。なのに、そいつらにもバカにされた。

かつては親衛隊のリーダーだったのに、今はハブにされているのかと。

それならば、情報交換《こうかん》をする価値もない。そう決めつけられて、ムカついた。いや……激憤《げきふん》した。

——おまえら、何様だよッ！

それと同時に、わけのわからない焦《あせ》りが込み上げた。

自分だけが、貧乏《びんぼう》くじを引かされているような気がした。

——こんなはずじゃなかったッ。

哲史に因縁《いんねん》を吹《ふ》っかけて翼にシバき倒された『テニス部の恥曝《はじさら》し』呼ばわりされても、高山たちのように不登校に走った『根性なしのビビリ』とは格が違うと思っていた。もちろん、一年五組の連中みたいな正義感気取りの偽善者《ぎぜんしゃ》など論外だった。

別に孤高《ここう》を気取っているわけではないが、傷を舐《な》め合うことしかできないような仲間ならいらない。何が真実かもわからない連中に何を言われても逃《に》げ出さない気概《きがい》が、自分にはある。

そう思っていた。

なのに、である。

元親衛隊である高山たちの問題行動である『ゲタ箱レター』事件以降、佐伯に対する風当たりが違ってきた。

根性なしのビビリ野郎《やろう》だった高山たちが哲史に『詫《わ》び』を入れたのに、その主犯格である佐伯がなぜ謝罪しないのかと。まだ『ゲタ箱レター』が哲史への詫び状だと決まったわけではないのに、だ。

高山たちが、そう言ったわけではない。

哲史が、それを認めたわけでもない。

なのに。周囲の認識《にんしき》は、高山たちが哲史に謝罪をして、哲史がそれを受け入れたのではないか――だった。だったら、佐伯もそれに倣《なら》うのが筋だろうと。

自分が間違《まちが》ったことをしたのに素直《すなお》に『ごめんなさい』を言えない奴《やつ》はサイテー――だと、バスケ部のエース……いや、学園の王子様である龍平が公言していることもあってか。『ゲタ箱レター』というベタな手段はどうでも、とりあえずなけなしの根性を振り絞《しぼ》ってそれを行動で示したと思われている高山たちの評価と、いつまでたっても自分の非を認めようとしない佐伯の傲慢《ごうまん》さがいつのまにか逆転してしまった。

なんだよ、それ。

ぜんぜん、違うだろ。

佐伯には佐伯の言い分は山ほどあったが、今は何を言ってもただの見苦しい弁解だと思われそうで。

なにより。周囲のそういう視線が、佐伯の焦りを加速させた。

◆◇◆◇◆

明日からは夏休みということもあってか、下校する生徒の足取りは軽い。その解放感で新館校舎の昇降《しょうこう》口はいつも以上に騒《さわ》がしかった。

ガヤガヤと。

ザワザワと。

笑い声まじりのざわめきは、いつまでたっても途切《とぎ》れなかった。

同様に。哲史もいつになく軽《かろ》やかな気分で靴《くつ》箱を開けた。

――とたん。

中からバサバサと封筒《ふうとう》がこぼれ落ちた。

「――え？」

哲史が思わず目を瞠《みは》って固まった、瞬間《しゅんかん》。あれだけザワついていた昇降口が、いきなり水を打ったように静まり返った。新たなゲタ箱レターの出現に。

「なんだよ、もう」

哲史はどんよりと漏らした。浮かれ気分も台無しである。

最後の最後になって、またこれかよ？——と思うと、さすがの哲史もゲンナリだった。

それよりも、今、この場に翼と龍平がいなくてよかった。

でなければ、また一騒動《そうどう》だったろう。それを思い、足下《あしもと》に散らばった封筒を凝視《ぎょうし》する。

いっそ、このまま黙殺《もくさつ》してやろうか。

それとも、全部まとめてゴミ箱へ投げ捨ててやろうか。

表書きが『杉本哲史様』となっている以上、落とし物として職員室に持っていくわけにもいかないだろうし。

（…ったく、メンドくせーな）

定番の白封筒だけではない。とりあえず型も色もまちまちなそれらをひとつひとつ拾い上げて、条件反射のごとく裏書きを見る。差出人の名前が書いてなければ、本気でゴミ箱にブチ込んでやろうと思った。

（中園亮太《なかぞのりょうた》？　木暮啓治《こぐれけいじ》？　木嶋彩花《きじまあやか》？）

聞き覚えのない名前ばかりだ。

まさか、女子までとは思わなかった。だからといって、それがラブレターなんてことは絶対にあり得ないだろうが。

(どういうこと?)

もしかして、哲史がなんのリアクションも起こさないことに業《ごう》を煮《に》やして、高山たちがまた何かを書いてきたのかと思ったのだが。ゲタ箱レター差出人なんて、それしか思い当たる節がなかった。

だが。今回はどうやら別口らしい。

(親衛隊絡《がら》みじゃなきゃ、何?)

哲史は首をひねる。封筒は全部で十五通。うち、八通が女子だった。

(わけわかんねーっつーの)

内心のため息が止まらない哲史であった。

周囲の者たちは、そんな哲史をこっそりと窺《うかが》い見る。

——いったい。

——何が。

——どうなってる?

なんの前触《まえぶ》れもなく、いきなり始まってしまった『ゲタ箱レター』の第《だい》二弾《だん》。

興味津々《きょうみしんしん》というよりはむしろ、この先の展開がどうなるのかと。ある意味、不安まじりに。

◆◇◆◇◆

（あー、もう、サイアク）

昇降口を出て、哲史はガッガッと歩く。何かもう、照りつける太陽光線が肌《はだ》に突《つ》き刺《さ》さるよりもささくれた気分だった。

今学期はやたら疲《つか》れる長丁場だったが、最後のオマケがまたゲタ箱レターなんて本当にツイてない。

哲史的には『終わりよければすべて良し』で締《し》めくくりたかったのだが。なかなか、思い通りにはいかない。

ツイてない。

ツイてない。

――ツイてない。

それを噛《か》み締めるように足下だけを見据《みす》えてガッガッ歩いて。ふと――足を止めた。

そして。フーッと、息を吐《は》いて。ゆっくりと目を上げた。

（まっ、いつまでも引き摺《ず》ってたってしょうがねーか）

わけのわからないゲタ箱レターのパフォーマンスに、付き合ってやる義理もない。

(……ッし)

気持ちを切り替《か》えて、駐輪場《ちゅうりんじょう》へと向かいかけた。

――そのとき。

なぜか。

本館校舎から出てきた佐伯と、バッタリ鉢合《はちあ》わせをした。思わず、目と目が合って。

(…ったく、どういうタイミングだよ?)

哲史は思わず舌打ちしたくなった。

哲史にとって、ゲタ箱レター以上に相性《あいしょう》が悪い――それどころか、すべてのトラブルの元凶《げんきょう》ともいうべき佐伯とこのタイミングで鉢合わせなんて、今日は最悪を通り越《こ》して更《さら》に凶悪日になってしまった。

せっかく気分転換《てんかん》を図《はか》ろうと思ったのに、疫病神《やくびょうがみ》の出現で、これでは別方向でどん詰《づ》まりである。

基本、哲史は占《うらな》いなどにはまったく関心はないが。ここまで悪運が連鎖《れんさ》してしまうと、今日は厄日《やくび》どころか大凶もいいところではないかと思いたくなった。

(やっぱ、ここはガン無視だろ)

哲史がサッと視線を逸《そ》らす前に、佐伯は大股《おおまた》でドカドカ歩み寄ってきた。

そして。哲史の行く手を阻《はば》むように立ち塞《ふさ》がった。

その瞬間、周囲が凍《こお》った。

太陽光線はギラギラで、立っているだけで汗《あせ》が滲《にじ》み吐く息すら熱いのに、哲史と佐伯を取り巻く周囲の体感温度だけが一気にガクンと落ち込んだ。

「どぉも、杉本先輩《せんぱい》」

これ見よがしに先輩呼ばわりをされて、哲史はムッとした。

あれやこれやさんざん暴言を吐きまくりのくせに、何をか言わんや……である。

哲史は、佐伯が苦手なのではない。嫌《きら》いなのだ。

それは、佐伯が自己チュー丸出しで人の痛みをわかろうともしない嫌《いや》な奴《やつ》だからだ。欲しいモノを貪欲《どんよく》に求めるのが悪いとは言わないが、だからといって、故意に他人を傷つけ貶《おとし》めていいはずがない。

たぶん、佐伯はこれまで挫《ざ》折《せつ》を知らずに来たのだろう。

テニスプレーヤーとして期待されて、実力で応《こた》えて周囲に自分をアピールしてきたから、ある意味、高慢《こうまん》もそれなりに許されてきたに違《ちが》いない。

傲慢《ごうまん》無礼で。

——傲岸不遜《ごうがんふそん》。

その鼻っ柱を翼にへし折られてもまったく堪《こた》えていない厚顔無恥《こうがんむち》さが、哲史は嫌いだった。

佐伯の本質が高慢ちきなナルシストだからだ。

「ちょっと、話があるんですけど。付き合ってもらえます？」

眼力《めぢから》を込めて、佐伯が言う。一見爽《さわ》やかなイケメンがそうやって笑《え》みを浮《う》かべて下手《したて》にでれば、誰《だれ》でも言いなりになると思っているのだろうか。

（ぜんぜん、学習能力がねーな）

本物の超絶《ちょうぜつ》美形と裏表のない天然王子を見慣れている哲史には、そういう偽善《ぎぜん》的な笑顔がどうにも胡散臭《うさんくさ》すぎて……嘘《うそ》っぽくてしょうがなかった。

「俺は別に話なんかないから。デカイ図体《ずうたい》で前を塞がないでくれる？　邪魔《じゃま》なんだけど」

ピシャリと哲史が撥《は》ねつけると。

自分が拒否《きょひ》ることはあっても拒否られることに慣れていない佐伯の口元が、わずかにヒクリと引き攣《つ》れた。

内心。

（このヤロー……）

——が、止まらない。

憧《あこが》れのカリスマに罵倒《ばとう》されても、それを『愛の鞭《むち》』に脳内変換《へんかん》することはできても、取るに足りない道ばたの小石にバカ呼ばわりされると山よりも高いプライドがズクズクと疼《うず》いた。

あれやこれやで、このところ不完全燃焼《ねんしょう》ぎみだった佐伯にとって、一学期の終業式という最後の最後になって哲史とバッタリ鉢合わせしたのは好都合だった。

ゲタ箱レターの真意を確かめることができる、願ってもないチャンスだった。

高山たちに頭を下げて事実を聞き出すくらいなら、哲史を直撃《ちょくげき》するほうがマシだった。

今までは、そんな機会は巡《めぐ》ってこなかった。

いや――思うだけでそれを実行に移す度胸がなかった。そんなことをすれば前回の二の舞《まい》…

…だからだ。翼相手に、さすがにそれはマズイだろうと。

しかし。チャンスは向こうからやって来た。

待ち伏《ぶ》せ……じゃない。

バッタリ鉢合わせ……である。

それなら、言い訳もできる。そう思っていたのに、あからさまに拒否られて、カチン……いや頭のどこかがブチッと切れた。

「いいから、来いよ」

下手にでてもダメなら、実力行使しかない。

(ナメられたまま、引っ込んでられっかよ)

佐伯は、哲史の手首をガッシと摑《つか》んだ。

普段の哲史はブレザー姿などまるっきり似合っていない貧弱さだったが、露出度《ろしゅつど》の高い夏服になると更に貧相だった。

薄《うす》い。

細い。

小顔。

男として軟弱《なんじゃく》すぎる哲史が幼馴染《おさななじ》みというだけで翼と龍平に優遇《ゆうぐう》されているという特権をなんの苦労もなく無条件に得ていることが、佐伯はどうしても赦《ゆる》せない。

あのカリスマと横並びになる見苦しさをちゃんと自覚しろ。そこはおまえの定位置じゃねーんだよ。人が親切で教えてやってるのに、なんでわかんねーんだよ。

みっともない。

不恰好《かっこう》。

不細工。

不様。

皆《みな》がそう思ってるのに、それが、なんでわからないんだろう。

本当に、邪魔くさい。

どこもかしこも貧弱なくせに、デカい態度が気に入らない。無駄《むだ》に強すぎる眼力もムカつく。

あー、もう、イラつく。

だが。摑んだ手の細さに思わず驚《おどろ》いた。

今どき、女子だってこんなに華奢《きゃしゃ》じゃねーだろ。そう思えて。ビックリ双眸《そうぼう》を瞠《みは》ると。

「ホント、ウザい」

その言葉とともにガッチリ掴んだはずの手を振《ふ》りほどかれた。

——瞬間《しゅんかん》。地面に転がされた。

アッという間のことだった。

何が起こったのか、わからない。

気が付いたら、地面に転がっていた。

（ウソだろ？　なんで？）

とたん。周囲がどよめくのが聞こえた。

「おぉおッ」

「スゲー」

「マジか？」

「ついに杉本の逆襲《ぎゃくしゅう》だぁ」

「うわッ」

「今の何？」

「足払《あしばら》い？」

「佐伯君、吹《ふ》っ飛んじゃったよ」

そして。呆然《ぼうぜん》絶句している佐伯にビシッと指を突《つ》きつけ。

「俺はおまえが嫌いだ。だから、二度と俺の視界に入ってくるなッ」

哲史が怒鳴《どな》った。

そのまま佐伯を置き去りにして、スタスタと歩いて駐輪場へ行く。

視界の中で哲史の背中が小さくなると、とたんに、身体《からだ》の節々がズキズキと痛んだ。

(痛《い》ってぇ……)

思わず顔をしかめた佐伯に。

「カッコ悪ぅ」

「バカだろ」

「不様ぁ」

「惨《みじ》めだよねぇ」

「ホント、ホント」

「醜態《しゅうたい》さらしまくり」

周囲から容赦《ようしゃ》なく、嘲笑《ちょうしょう》と冷笑と嗤笑《ししょう》が浴びせかけられた。

◆◇◆◇◆

そのとき。

「あーあ、ついにやられちゃったね」

沙神高校生徒会執行部《しっこうぶ》副会長である鷹司慎吾《たかつかさしんご》が、唇《くちびる》の端《はし》でクスリと笑った。

「どうなることかと、ちょっとヒヤヒヤしたけどな」

同、執行部会長の藤堂崇也《たかや》がどんより漏《も》らす。

衆人環視《しゅうじんかんし》の中でいきなり始まってしまった佐伯と哲史のタイマン勝負に出くわしてしまう、不運？

どうも、最近は巡り合わせが悪い。本音で、それを思わずにはいられない執行部コンビであった。

「杉本君も、ついにプチギレ？」

あれだけ露骨《ろこつ》に絡《から》まれれば、いいかげんムカつくだろう。

「あれって、柔道《じゅうどう》でいうところの足払い？」

「どっちかっていうと護身術っぽいけどね」

意外な特技？

そんなものを習っていたとは聞かないが。下手《へた》をすれば女子よりも細い哲史の場合、柔道よりも護身術と言ったほうが妙《みょう》にしっくりきた。

「なんか、バッチリとツボに入ったって感じ」

「……だよね。あれだけ体格差があっても、見事にすっ転んじゃうんだから」

「出る幕なかったよな」

「あれ？　出る気だったの？」

あれだけ関《かか》わりになるのを渋《しぶ》っていたのに……と言わんばかりの顔つきに、藤堂はジロリと鷹司を睨《にら》む。

「だから、ただの言葉の綾《あや》だろ」

「ハイハイ。……だよね。失礼しました」

軽くいなされて、藤堂はますます渋い顔になった。

(なんか……見透《みす》かされてるような気がする)

実は、本気半分だった。

マズイな。

――と思う。

ヤバイんじゃねーの？

――かもしれない。

例の体育館のアクシデント以来、どうも庇護欲《ひごよく》に駆《か》られてしまうことにだ。

哲史の青瞳《せいとう》には、なにか、そういう魔力《まりょく》でもあるのか？

(……まさかな)

否定して。つい、ため息を漏らす藤堂だった。

「でも、彼にはいい薬になったんじゃない？」

「逆ギレしなけりゃいいけどな」

「まぁ、みんなの前であれだけド派手に醜態さらしちゃったら、普通《ふつう》はモーレツに恥《は》じ入るところだろうけど」

「懲《こ》りると思うか？」

「いいかげん学習能力がついてもいい頃《ころ》だけどね。でなきゃ、ホントにバカ丸出しになっちゃう」

「次は、確実に蓮城の三倍返しが炸裂《さくれつ》しそうだしな」

「それは……あんまり見たくないかも」

「その前に市村が大魔神《だいまじん》化するかもな」

「だから、杉本君が一発派手にカマしちゃったんじゃない？」

「今日が終業式で、ホントよかったよな」

「そうだねぇ。八月の出校日は、杉本君の武勇伝で全校が大盛り上がりになっちゃうかもしれないけど」

それがただの杞憂《きゆう》ではなく、いかにもありがちな日常と化してしまいそうな気がして、鷹司はどんよりとため息をついた。

***** Ⅳ *****

正臣の遺言状《ゆいごんじょう》が公開されてから、三日後。

落ち着かない。

なかなか寝付《ねつ》けない。

やるべきことは山積みなのに、どれから手をつけていけばいいのか――わからない。

そんなナイナイづくしで一日が始まり、そして、終わる。

――しっかりしなくちゃ。

そう思っても、なんだか踏《ふ》ん張れない。やる気が空回りするのではなく、気力が身体《からだ》の外へとだだ漏《も》れていく。

まるで突然《とつぜん》の嵐《あらし》に翻弄《ほんろう》されたような気分が醒《さ》めやらない、その日の午後。結花はどうしても確かめたいことがあって、義姉《ぎし》の皐月《さつき》を白金台の自宅に招いた。本来ならば自分のほうから出向くのが筋なのだが、そこらへん、皐月にはこだわりがないようだった。

「お義姉《ねえ》さん。お忙《いそが》しいところ、急にお呼び立てして申し訳ありません」

リビングに通して、まずは深々と頭を下げる。

「いいのよ。ちょうど仕事も一段落ついて、気分転換《てんかん》にショッピングにでも出かけようかなと思ってたところだから」

ただの建て前ではないと、思いたい。

皐月は子ども向け絵本のイラストを描《か》いている。本人はほとんど趣味《しゅみ》のようなものだと謙遜《けんそん》するが、書店の児童書コーナーには必ず置いてあるシリーズ物の挿絵《さしえ》画家として業界ではかなりな有名人らしい。まさか、そんな人が神宮寺の身内、しかも正臣の実兄《じっけい》の妻……自分にとっては義姉に当たる人だとは思ってもみなくて、それを知ったときにはとても驚《おどろ》いた。

その驚きを素直《すなお》に口にすると、皐月はくすぐったそうな顔をしただけだったが。

トレイに載《の》せた紅茶とケーキをローテーブルに置いて、結花はソファーに腰《こし》を下ろした。

「いただきます」

紅茶に砂糖とミルクを入れて、一口飲み。

「それで？　なんなの？　聞きたいことって」

皐月が先に切り出す。

それで、結花も迷いがなくなった。子どもたちが学校に行っている時間を見計らって、わざわざ皐月に来てもらったのだ。長々とした前振《まえふ》りなど、それこそ時間の無駄《むだ》だろう。

「正臣さんの遺言状のことなんですけど」

ある意味それも予測の範囲内《はんい》だったのか、皐月は眉《まゆ》ひとつ動かさなかった。

「私は遺言状の存在すら知らなかったんですけど、もしかして、お義姉さんたちは何かご存じだったんでしょうか？」

「どうして、そんなふうに思うのかしら？」

「なんというか……お義兄《にい》さんもお義姉さんも、遺言状の内容にはそれほど驚いてなかったように感じたものですから」

そうなのだ。遺言状の受け止め方については、神宮寺方と真田方とはかなりの温度差があったのは事実だ。

結花たち家族にとって遺言状の内容に関しては突然降って湧《わ》いたような驚愕《きょうがく》でしかなかったが、皐月たちはどこか腑《ふ》に落ちた感というか『あー、やっぱり』的な雰囲気《ふんいき》が濃厚《のうこう》だった。

ただの錯覚《さっかく》ではない。

単なる気のせいでもない。

あからさまではない訳知り顔。そういう感じがした。

その差は、いったいどこから来るのか。遺言状の衝撃《しょうげき》が去って、まず気になったのはそれだった。

もしかして、皐月たちは結花が知らない——知らされていない裏事情を知っているのではないか。そう思ったらもう、確かめずにはいられなかったのだ。

皐月は結花から視線を逸《そ》らさずに言った。

「今更《いまさら》そんなことを知っても意味がないんじゃないの？」

口調こそ柔《やわ》らかいが、なんの含《ふく》みもない率直《そっちょく》な意見というよりはむしろ、どこか否定的ですらあった。

「いえ。今だからこそ、聞いておきたいんです。でないと、いつまでも胸の閊《つか》えが取れそうになくて……」

結花はしっかりと皐月を見つめ返す。

「いきなり正臣さんの過去を持ち出されて、結花さんがショックだったのはわかるけど」

皐月は微妙《びみょう》に言葉を濁《にご》した。

「ええ。ですから、聞かせてください。今ならもう、何があっても驚きませんから」

結花は強気で押し切った。

もう、充分《じゅうぶん》驚いた。正臣を喪《うしな》った衝撃も癒《い》えないうちに、予期しない遺言状でショックも更に上書きされてしまった。

だったら、あとは胸の閊えを取り去ってしまうしかない。これから先の生活のためにも、有耶無耶《うやむや》にしたままではいられない。

いったん間を取るかのように皐月は再度ティーカップを手に取り、ことさらゆっくりと紅茶を啜《すす》った。そして。

「そうね。正臣さんも亡《な》くなってしまったし、この話はもう時効だと思うから」

そう前置きをして、重い口を開いた。

「正臣さんと前の奥さん……美也《みや》さんが離婚《りこん》する原因になったのが子どもにあったたってことは、聞いてる？」

「――いいえ。はっきりとは……。正臣さんはその話はまったく口にしなかったし。亡くなったお義母《かあ》さんも、正臣さんには先妻さんとの間に子どもがいたけどその子の親権は放棄《ほうき》した……としか言いませんでした」

「生まれた子どもの目がね、青かったの」

「……え？」

「常識的にあり得ないでしょう？　ごく普通《ふつう》の日本人夫婦《ふうふ》の赤ちゃんが黒目じゃなくて青目なんて」

それは、そうだろう。そんなことは――あり得ない。

（じゃあ、もしかして、正臣さんの子どもじゃなかったとか？）

一瞬《いっしゅん》、それを思い。結花は眉をひそめた。

（でも、だったら、どうしてその子に遺産を残したの？）

わけがわからない。

「美也さんってけっこうエキセントリックっていうか、当時は外国人クラブでジャズシンガーをやってた人で、結婚《けっこん》後もそういうところで歌ってたみたいなの」

まさか元妻がそういう女性だったとは予想もつかなくて、結花は思わず目を瞠《みは》った。

「それが結婚するときの条件だったらしいのよ。歌うことが自分の天命だからって」

「……そうなんですか？」

「実際、臨月になってもステージに出てたような人だったらしいし。まぁ、恋愛《れんあい》って先に惚《ほ》れちゃったほうが負けだから」

それは……わかる。結花がそうだったからだ。

だから、よけいに遺言状のことがショックだった。正臣の死とは別の意味で。

それでも。不信感でズルズルと恨《うら》んでしまえないのは、まだどこかで正臣を信じていたいからかもしれない。

「正臣さんも、それはもうすごくショックだったんでしょうね。どうしてもこの人と結婚したいって、親も周りも大反対だったのを強引《ごういん》に押し切って選んだ彼女が生んだ子どもが青い目だったんだから」

──わかる。それは、とてつもない裏切りに思えたことだろう。

誰《だれ》の目にも一目瞭然《いちもくりょうぜん》の事実。

（あー……。だから正臣さん、悠斗が初めて目を開けたときにものすごくホッとした顔をしたのね）

触発《しょくはつ》されたかのごとく、ふと、当時の記憶《きおく》が甦《よみがえ》る。

最初の子どもがそんな経緯《いきさつ》で生まれたのであれば、それはどんなにか心に深い傷が残ったことだろう。

「正臣さん、頭から美也さんが浮気《うわき》をしたと思い込んで、そりゃもう、聞くに堪《た》えない罵詈雑言《ばりぞうごん》の嵐《あらし》だったみたい。それで、美也さんもブチギレちゃってね」

「認めなかったんですか？　浮気を」

青い目の子どもという生き証人がいるのに？

その場凌《しの》ぎの嘘《うそ》で誤魔化《ごまか》しようもないのに？

それは、どうやっても無理があるのではないだろうか。

「あたしたちもね、美也さんが外国人クラブの誰かと浮気したって決めつけてたから、正臣さんが激昂《げっこう》するのも無理はない。みんな、そう思ってたのよ。さっさと離婚すべきだとか。そんな子どもを神宮寺の籍《せき》に入れるわけにはいかないとか。あーだのこーだの、みんなで美也さんを責め立てたわけ」

「それは……しかたがないんじゃないですか？」

すると。皐月は苦汁《くじゅう》を飲み込んだような顔になった。

「だったら、よかったんだけど。美也さんが絶対に浮気を認めないから、生まれた子のＤＮＡ鑑定《かんてい》をやってもらったの。そしたら、間違《まちが》いなく正臣さんの子どもだったのよ」

「嘘……。そんなことってあり得るんですか？　青い目なのに？」

「ものすごい確率の突然変異《とつぜんへんい》だったらしいの」

そんな。

……まさか。

………信じられない。

「もう、ね。みんなして呆然《ぼうぜん》絶句っていうの？　浮気の証拠《しょうこ》を突《つ》きつけてやるつもりだったのに、それが真逆の結果になっちゃって」

顔面から一気に血が引いた。そういうことだろう。

「本当なら、あたしたち、みんなで土下座ものだったわけ。でも、もう、それだけじゃ済まなくて……。今更、どの面《つら》下げて……って、感じ？　なにしろ美也さんの怒《いか》りがハンパじゃなくて。そんな度胸も根性《こんじょう》もなかったのよ」

時効――と言いながら、皐月のため息はとてつもなく重かった。

「だけど。正臣さんは、子どもとの親子関係が立証されても、その子が自分の子どもだってことを認めなかったの」

ドキリ、とした。

胸の奥が、ツキンと疼《うず》いた。

「さんざん罵詈雑言を吐《は》きまくっちゃったから、意地でも認めたくなかったんでしょうねぇ。

激情で思いっきり振《ふ》り上げた拳《こぶし》をどこに降ろしたらいいのか……わからなかったんじゃないかしら。今だから言えるけど、当時の正臣さんって、ホント鬼《おに》の形相だったから」

自分の間違いを――非を認めて真摯《しんし》に謝罪することができなかった。できるような雰囲気《ふんいき》ではなかったのだろう。

謝りたいけど、できない。プライドが邪魔《じゃま》をして？

それとも、怒濤《どとう》のごとく押し寄せる後悔《こうかい》で声も出なかったのか。

たぶん。

……きっと。

渦巻《うずま》く自己嫌悪《けんお》に打ちのめされて、正臣自身、どうすればいいのかわからなかったのではないだろうか。

そのときの正臣の心情を思うと、結花は胸がキリキリと締《し》め付けられる思いがした。

謝罪をする代わりに無条件に親権を放棄した。つまりは、そういうことなのだろうか。

「それで、あの、先妻さんが子どもの親権を？」

そこでまた、皐月はどっぷりとため息をついて力なく首を横に振った。

「結局。泥沼離婚《どろぬまりこん》の原因になった子どもなんかいらないって、どっちもが親権を放棄したっていうか。引き取ることを拒否《きょひ》しちゃったわけ。それで、見かねた美也さんの親が自分たちで育てるからって」

結花は息を呑《の》んで、絶句した。

あり得ない。

そんなことって——あり得ない。あってはならない異常事態だ。

「神宮寺の両親もねぇ、それまでの経緯が経緯だから何も言えなくて。というか、あたしたちみんな横から口を出す資格も権利もなくて。本当に、恥知《はじし》らずな極道《ごくどう》もいいとこだったわけ。以来、その子のことは神宮寺では禁句になっちゃったのよ」

なぜ。

どうして。

——そこまで。

正臣と美也が我が子に対して、どうしてそんな酷《ひど》い仕打ちができたのか。結花にはまるでわからない。

意地の張り合い？

責任の擦《なす》り合い？

それではまるで、癇癪《かんしゃく》を起こした子どもの喧嘩《けんか》のようだ。拗《こじ》れに拗れた愛憎《あいぞう》の落ちる先が子どもを忌避《きひ》することだなんて……哀《かな》しすぎる。

正臣はまだしも、同じ母親として、親権どころか母性まで切り捨てにしてしまった美也の気持ちが……理解できない。

――いや。わかりたくもない。

そんな暴挙は許し難《がた》いとすら思う。

フッフッと滾《たぎ》るもので顔は強《こわ》ばり、結花の胸は灼《や》けた。

「だから、正臣さんが再婚するって聞いたときは、思わず耳を疑ったのよ」

――瞬間《しゅんかん》。なんと言えばいいのかわからなくて、結花はただ俯《うつむ》いた。あんな経緯を聞いてしまったあとでは、何を言っても薄《うす》っぺらな詭弁《きべん》になってしまうような気がした。

「結花さんと結婚してからは、正臣さんもまるで憑《つ》き物が落ちてしまったみたいに穏《おだ》やかになったから、あたしたち、本当にホッとしたのよ？　正臣さんにとって、結花さんと子どもたちの存在はきっと宝物のように思えたんじゃないかしら」

そう言ってもらえるのは嬉《うれ》しい。本当に、そうであったのなら……と切実に思う。

けれど。

やはり。

結花にとっては、あの遺言状《ゆいごんじょう》は喉《のど》の小骨だった。

「でも……だったら、どうして？」

なぜ、今更《いまさら》？

そんな訳ありの経緯ならば、どうして――今更？

疑問はループして、結局、そこに帰結してしまうのだ。

自分が死んでしまったあとのことを想定して書くのが遺言状である。

そこには、確固たる意志がある。生前には口にできなかった想《おも》いも込められている。遺志を継《つ》ぐことで頑張《がんば》れることもあれば、遺意《いい》によって心が折れてしまうこともある。

金の問題だけではない。

一言一句の重みすらもが――違《ちが》う。残された家族にとっては。

後悔して。

懺悔《ざんげ》して。

――贖罪《しょくざい》する。

簡潔に書かれた正臣の遺言状からは、そんな言葉が滲《にじ》み出ているようにも思えた。それは、結花たち家族よりも最優先される必須事項《ひっすじこう》であるかのように。

「正臣さんの離婚《りこん》がそんな事情だったから、当時、神宮寺の親類筋にも周囲にもあれこれ言われたわけ。子どもにした仕打ちを考えれば、当然よね？　それから、お義父《とう》さんとお義母《かあ》さんが立て続けに亡《な》くなって、それって罰当《ばちあ》たりなことをした報《むく》いだって言われたわ」

「そんな……」

――バカな。

その言葉を遮《さえぎ》るように、皐月が言った。

「高坂《こうさか》のお義姉《ねえ》さんがガンで、うちの主人が冬山で転落死しちゃったときには、さすがにメゲたわね。それで、神宮寺は祟《たた》られてるって言い出す人もいたくらいだから」

そんなことは、まったく知らなかった。陰《かげ》で、そんな誹謗《ひぼう》中傷をされていたなんて。

非常に不愉快《ふゆかい》だった。

なにより、その子どもに対して失礼な話ではないだろうか。まったく自分の知らないところでそんな言われ方をされていると知ったら、それこそショックだろう。

「まっ、ヤッカミ半分ってこともあったでしょうけど」

正臣の会社がＩＴ長者と呼ばれるほどに飛躍《ひやく》を遂《と》げたから。皐月は言外にそう指摘《してき》する。

確かに、あの頃《ころ》の正臣はガムシャラに仕事に打ち込んでいた。両親が亡くなった哀しみを乗り越《こ》えるために。実姉《じつし》と実兄《じっけい》を喪《うしな》った痛手に耐《た》えるように。

結花はそう思っていたが。

――違うのだろうか。

知らなかった真実が見えてくると、また別の意味があったようにも思えてきた。

「それでも、こないだ遺言状の内容を聞いたとき。なんかねぇ、やっぱりそうだったんだなって思えちゃって」

「そうだった……って？」

「結花さんの前でこんなことを言うのも、なんだけど。たぶん、正臣さんにとって、捨ててしまった子どもがずっと喉の小骨だったんじゃないかって。高坂のお義兄《にい》さんも言ってたけど、頑《かたく》なに意地を張って目を背《そむ》けているのも、たぶん限界だったんじゃないのかしら。神宮寺に立て続けに不幸があったのはただの偶然《ぐうぜん》で、子どもを捨てた報いでも祟りでもないけど。肉親を一気に亡くして、内心は相当にまいっていたんじゃないのかなって」

「やっぱり、お義姉さんも、あの遺言は子どもに対する贖罪だと思います？」

「そうなのか、違うのか。それは、正臣さんにしかわからないことだけど。もしかしたら、遺言状を書くことで、正臣さんなりに気持ちの整理をつけたかったのかもね」

だが。結局、正臣も死んでしまった。

報いも祟りもただの迷信《めいしん》というには不吉《ふきつ》で不当な中傷にすぎないが、当時の関係者——神宮寺直系の近親者がすべて亡くなってしまう不運と不幸にあらぬ理由付けをされてしまうのが、結花にとっては痛すぎる現実であった。

◆◇◆◇◆

神宮寺悠斗にとって、いきなり、思ってもみない形で表舞台《おもてぶたい》に登場した異母兄《けい》の存在は頭の中のノイズだった。

気になる。

だけど——ムカつく。

無視したい。

でも——できない。

容認《ようにん》する？

絶対——無理。

だったら。

——どうする？

ムカついて。イラついて。癪《しやく》に障《さわ》って。無性《むしよう》に腹が立って。それが、頭の中の不快なノイズになった。

【杉本哲史】

いったい、どういう男なのだろう。

夢想して。

否定して。

また——妄想《もうそう》する。

そのことに自己嫌悪《けんお》を覚えて。

（なに、やってんだかなぁ）

舌打ちをする。

名前しか知らないことが、もどかしい。

【兄ちゃん】

【お兄さん】

【兄貴】

異母兄は、いったいどんな呼び方が似合う人物なのだろう。

花音は最初から、気安く『お兄ちゃん』呼ばわりする。まるで、なんのこだわりもないみたいに。

ダメだろ。

イヤだろ。

マズいだろ。

――勝手に夢見てんじゃねーよッ。

思わず怒鳴《どな》り散らしてしまいたくなる。

（それって、おかしいだろ）

花音が無意識に悠斗と異母兄を比べているのではないかと思うと、ますますムカついた。それがただの被害妄想《ひがいもうそう》にすぎなくても、どうして自分がこんな不快な思いをしなければならないのだろうかと思ってしまう。

（それって、不公平だろ）

異母兄は、自分たちの存在を知っているのだろうか。

いつから？

どこから？

どうやって？

やはり、母親から聞かされていたりするのか？

それとも。自分たちのように、遺言状《ゆいごんじょう》でいきなり突然、異母弟妹《きょうだい》のことを知らされたのか。

自分の父親が別の家庭を持っていることを、どんなふうに思っているのか？

知りたい。

聞きたい。

自分だけがこんなふうにヤキモキするのは嫌《いや》だ。だって、不公平だろ。

不満がグツグツ煮《に》える。

不平がどんどん溜《た》まる。

だから、悠斗はいつでも不機嫌《ふきげん》だった。クラスメートは、そんな悠斗を見て。

『どうしたんだよ』

『何かあった？』

『話してみろよ』

いろいろ声をかけてくるが、それすらもが鬱陶《うっとう》しかった。

自分にこんな思いをさせる異母兄が——嫌《きら》いだ。

ムカつく。

イラつく。

頭の中のノイズが、ウザい。

そして。ふと、思った。

名前しか知らないから。顔もわからないから。どこに住んでいるのかも知らないから。何も知らないから。

だから、ダメなのだと。

(なら、顔を見に行けばいいんだ)

どんな奴《やつ》かわからないから、頭の中のノイズが増殖《ぞうしょく》して悶々《もんもん》としてしまうのだ。

別に、名乗るわけじゃない。こっそり、顔を見るだけでいい。顔さえわかれば、不必要に悶々とすることもないだろう。

――そう思った。

(けど、誰《だれ》に聞けばいいんだろ)

母親には……聞けない。異母兄のことが、自分たち以上にショックみたいだし。母親にとって、異母兄の存在は不幸のバロメーターになってしまうかもしれない。自分がそんな奴に興味を持っていると知れたら、ますますショックだろう。

(やっぱり、弁護士のおじさん？)

でも。いきなりだと、ちょっとハードルが高い。

（神宮寺の伯母《おば》さんのほうがいいのかな？）

それも、なんだかなぁ……という気がする。今まで、あまり親密でもなかったのに。

（だったら、真田の伯父《おじ》さん？）

なんだか、それが一番妥当《だとう》というか無難な気がした。

（よっし。あいつの顔を見に行くぞぉ）

それを決めてしまったら、なぜか、頭のノイズが胸のドキドキに変わった。

◆◇◆◇◆

日曜日。

いよいよ決行の日だと思うと、悠斗は朝から気合いが入りまくりだった。目覚ましが鳴る前には、もう起きていた。

「あら、悠斗。どうしたの？　日曜なのに、今日はいつもより早いわね」

母親にまで言われてしまった。

その母親には、友人と映画を観《み》に行くと言って家を出た。

同じ首都圏《しゅとけん》内だといっても、白金台の自宅から異母兄が住んでいる都外までは電車を乗り継《つ》いでもけっこう時間がかかる。

だが、なんの不安もなかった。ＪＲから私鉄への乗り継ぎ駅や時間も、最短で行けるようにネットでの下調べもバッチリだったからだ。

異母兄の住所は、真田の伯父に教えてもらった。

悠斗の目的が『異母兄の顔を見たい』ことだと知ると、予想通り、伯父はいい顔をしなかった。

異母兄に会いたいのではなく、どんな顔なのか知りたいだけ。そう言ってしつこく頼《たの》んだ。陰《かげ》からこっそり見るだけでいい。どんな奴なのか、顔が見てみたい。じゃないと、いつまでも気になって勉強も手に付かない。

最初は。

『駄目《だめ》だ』

『無駄《むだ》だ』

『やめておけ』

けんもほろろだった伯父も、悠斗のしつこさに負けた。──というより、悠斗の心情もそれなりに察してくれたのかもしれない。異母兄の住所をどうやって調べてくれたのかは知らないが、とにかく、粘《ねば》り勝ちだった。

だったら、自分がそこまで車で送って行ってやるからと言うのを断り、電車に乗った。

相手に気付かれないようにこっそりと顔を見に行くのだから、自分一人で行かないと意味がない。それで押し切った。

そこに行っても、そう簡単に悠斗の都合よく異母兄《けい》に会えるとは限らない。それも承知の上だった。

運と、タイミング。

とりあえず、悠斗はそれに賭けてみることにしたのだ。何もしないでただ悶々としているよりもマシだったからだ。

もしも。たとえ、異母兄の顔を見られなかったとしても、住んでいる家を確認《かくにん》するだけでもよかった。そうすれば、悠斗の気も済む。

……たぶん。

(けど、なんで『蓮城』なわけ?)

伯父からのメールをもらったとき、異母兄の住んでいる家の名前は『杉本』ではなく『蓮城』だった。

(もしかして、母親が再婚《さいこん》した相手が『蓮城』だったのかな)

単純にそれが気になって、伯父に聞くと。そこまではわからないとのことだった。

けれども。母親が再婚しても、子どもは養子《ようし》縁組《えんぐみ》をしなければ旧姓《きゅうせい》のままでいられる。——らしい。

それを聞いて、そういうものか？……と思った。

もしかしたら、ずっと『杉本哲史』だったから、母親が再婚してもそのままでいたいということかもしれない。名前が変わればいろいろ面倒臭《めんどうくさ》いだろうし、それでいろいろ詮索《せんさく》されるのも嫌なのかもしれない。

それもありがちのような気もして、悠斗は一応それで納得《なっとく》した。

悠斗だったら、母親の再婚で学校も変わるのであれば新しい名字になっても苦にならないかもしれないが、そのまま同じ学校に通うのであれば、元の名前のままがいい。いろいろ聞かれるのは、やはり——ウザい。

というより。それ以前に、母親が再婚するのは嫌だ。自分の父親は正臣だけだからだ。

悠斗的には異母兄の顔さえ確認できるのであれば、『蓮城』であろうが『杉本』であろうが、大した違《ちが》いはなかった。

最寄《もよ》りの駅からはタクシーに乗った。ちょっと贅沢《ぜいたく》のような気もしたが、土地勘《とちかん》がまったくないのだから、目的地まで一気に辿《たど》り着いたほうが時間の無駄がないように思えた。

時間にして、約二十分。似たような一戸建てが建ち並ぶ住宅街に到着《とうちゃく》した。

やはり、タクシーでよかった。慣れていないと道を一本外しただけで迷子になってしまいそうだった。

タクシーを降りて、悠斗は蓮城家の表札を確認した。

家の広さは白金台の自宅とは比べものにならなかったが、クリーム色の外壁《がいへき》をした二階建ての家はシミも汚《よご》れもなくスッキリとした清潔感が漂《ただよ》っていた。門扉《もんぴ》の向こうには芝生《しばふ》の庭があって、物干し台には、真夏の青い空に映《は》える真っ白なシーツが二枚干されてあった。

（ここが……杉本哲史の家かぁ）

ついにここまで来たかと思うと、なんだか妙《みょう》にドキドキした。

しかし。あまり長々とガン見していると不審《ふしん》者に間違《まちが》えられないとも限らないので、悠斗はいったん蓮城家から離《はな》れてその周りをなにげなくウロついた。

そうしているうちに、さすがに喉《のど》が渇《かわ》いて。タクシーが曲がった通りの角にコンビニがあったことを思い出して、そこまで歩いて戻《もど》った。

ペットボトルのお茶とついでに紅鮭《べにざけ》のおにぎりと五個入りの唐揚《からあ》げを買って、店の外で立ち食いをする。

（……おいしい）

意外に空腹だったことを自覚する。

母親に見つかったら、きっと行儀《ぎょうぎ》が悪いと怒《おこ》られるだろうが、ここにはそれを見咎《みとが》めるような顔見知りは誰もいない。

飲み残しのペットボトルは斜《なな》め掛《が》けのバッグに入れて、悠斗は再び蓮城家へと向かった。

（やっぱ、いきなりじゃ無理だよな）

そうそう、悠斗の都合通りにはいかない。それは覚悟《かくご》の上だったので、特別に気落ちしたりはしなかった。

（とりあえず、家の写真でも撮《と》って帰ろうかな）

来た、記念に。もしかしたら、また来るかもしれないし。道のりは覚えたから、今度はもっと気楽に来られるかもしれない。

それを思って、バッグからデジカメを取り出した。

――そのとき。

蓮城家の玄関《げんかん》ドアが開いた。

思わずドッキリして、悠斗は塀《へい》の陰《かげ》に素早《すばや》く隠《かく》れた。

――と。ドアの向こうから、誰《だれ》かが出てきた。

悠斗は塀から半分だけ顔を出して凝視《ぎようし》した。はたから見れば立派な不審者である。通りを歩いている者がいないのは、幸いだった。

出てきたのは、制服姿の超絶《ちようぜつ》美形だった。

日曜なのに、どうして高校の制服姿なのかは疑問――というより、そんな疑問など頭の中からスッ飛んでしまうほどの美貌《びぼう》に、悠斗はその場で固まってしまった。

唖然《あぜん》。

呆然《ぼうぜん》。

絶句――だった。

ただの美形ではない。スッキリと引き締《し》まった完璧《かんぺき》な八頭身のスタイルは抜群《ばつぐん》。ただの高校生とは思えない威厳《いげん》のようなものが全身からオーラとなって滲《にじ》み出ているように思えた。

(あれが……杉本哲史?)

ウソだろ。

――マジで?

まさか。

――本当に?

視界の中の衝撃《しょうげき》が止まらない。もしかしたら、夏の暑さで、白昼夢を見ているのではなかろうか……と。

(ぼくの……兄ちゃん?)

ドキドキした。

ただ立っているだけで汗《あせ》ばむ暑さよりも、身体《からだ》の内から込み上げてくるモノで顔面が一気に紅潮した。

胸のドキドキがドクドクになって、感激のあまり心臓がバクバクになった。

半ば諦《あきら》めていた異母兄との第一種接近遭遇《そうぐう》に、悠斗は身も心も舞《ま》い上がった。

(……スゴぉい)

somix

スゴイとしか、言えなかった。

まったく父親とは似てもいないが、悠斗が想像していた以上に——いや、予想もしていなかった超絶美形が自分の異母兄だと思うと、何かもう地に足がつかなかった。

その彼が、ゆったりとした足取りで門扉を出てくる。

悠斗は慌《あわ》ててデジカメをズームにしてシャッターを切った。続けざまに。その姿が背を向けてしまうまで、夢中でシャッターを切り続けた。

***** V *****

夏休み二日目の夜。

蓮城家では。

「なぁ、なぁ、翼。どこに行く？」

「そうだな。行くなら、涼《すず》しいとこ」

「無理だろ、それ」

「なんで？」

「夏休みだぞ？　どこに行っても暑いに決まってるんだから」

夕食のあと、翼と哲史はソファーに座って夏休みのプランについて話し合っていた。

「つーか、俺はおまえと二人で遊びに行くなら、別にどこでもいいし」

本音である。翼にとっては哲史とラブラブ・デートが最優先なのであって、場所は二の次である。

「おまえの行きたいとこでいい」

つまりは、そういうことである。

それを『丸投げ』という。世間様では、彼女に嫌《きら》われるパターンである。デートスポット探しに非協力的な男は、それだけでアウト——である。

「そっか。んじゃ、真夏の定番、レジャープールとかでもいいんだな?」

とたん。翼は、ウッと言葉に詰《つ》まった。

「それは……パス」

予想通りの答えに、哲史はクスリと笑った。

真夏のレジャープールほどウンザリするものはない。人で混《こ》み混みだし、バカップルはどこでもベタベタとサカるし、躾《しつけ》のなっていないガキは足下《あしもと》を走り回って邪魔《じゃま》くさいし、家族連れはある意味傍若無人《ぼうじゃくぶじん》だった。

なんといっても、人混みで泳げないプールほど最悪なものはない。

温泉じゃねーぞッ。

——そう言いたくなる。

知っていて、あえてレジャープールを持ち出す哲史も哲史だが。

去年は人気のテーマパークに行った。

年中多忙《たぼう》な尚貴が珍《めずら》しくも『夏休み《バカンス》』という名の連休が取れたので、滅多《めった》にできない家族サービスを兼《か》ねてのプチ旅行であった。ちょうど部活が休みだった龍平も誘《さそ》って、三人で二日間めいっぱい遊びまくった。

見た目、哲史は絶叫《ぜっきょう》系は苦手だと思われがちだがぜんぜん平気だった。

『すっげー楽しいッ』

日頃《ひごろ》は腹から声を出して叫《さけ》ぶことなどないから、思いきり叫びまくりであった。

むしろ、ノーテンキに見えて意外にビビリなのが龍平だった。ターザン系アトラクションは大好きなのに廻《まわ》って落ちるジェットコースターは苦手という、それって、何が違《ちが》うのか……今ひとつピンとこないのだが。龍平には明確な差があるらしい。

『だって、テッちゃん。ガガーッと揺《ゆ》れて、360度グルッと回転するんだよ？　内臓が引っ繰《く》り返っちゃうんだよ？』

いつものオーバーアクションぎみにリアルな恐怖《きょうふ》を口にする龍平であった。

それでも、一人取り残されるのが嫌いで、誘えば絶対にイヤとは言わないのだった。デカイ図体《ずうたい》をしてシブシブ……いやビクビクと哲史の腕《うで》を摑《つか》んで列に並ぶ龍平がなんとも可愛《かわい》すぎて、内心クスクス笑いが止まらない哲史であった。

翼は見た目通りで怖《こわ》いものナシ。なんでもＯＫだった。ただし、どこにいてもド派手で目立ちまくりなのが唯一《ゆいいつ》の弱点？

アトラクションの真っ最中は気分上々だが、終わってしまうと元の鉄仮面ヅラに戻《もど》って寄せられる好奇《こうき》の視線を容赦《ようしゃ》なくブッた斬《き》りにして歩くのも定番中の定番だった。

その間、尚貴は楽しさを満喫《まんきつ》する息子《むすこ》たちとは別行動でホテルに併設《へいせつ》されたリゾート・スパでゆっくりと日頃の疲《つか》れを癒《い》やし、次の日はそこから遠くない美術館に出向いて寛《くつろ》ぎの時間を過ごしていた。

そして、夜はレストランで遠慮《えんりょ》なく美味三昧《ざんまい》。食欲魔神《しょくよくまじん》と化した翼と龍平の食いっぷりのよさに、哲史と尚貴は楽しげに目を細めるばかりだった。楽しくおしゃべりをしながらの食事はサイコー――が持論の龍平の甘いトーンととろける笑顔《えがお》が更《さら》に食欲《しょくよく》をそそるエッセンスであったことは言うまでもないが。

「じゃあ、プラネタリウムはどう？」

「プラネタリウム？」

小学校のときに一度、校外授業の一環《いっかん》で行ったことがあるが。そのときは、別に面白《おもしろ》くもなんともなかった。なんといっても投影《とうえい》機がちゃちすぎて、椅子《いす》は硬《かた》いし、ただ首が痛くなっただけであった。翼にとっては二度と行きたくない場所ワースト3に入る。それは、哲史も知っているはずだが……。

「相川《あいかわ》市のリニューアルされたプラネタリウムがなんか本格的っていうか、音響《おんきょう》効果もスゴイらしい」

何が、どう本格的なのかはわからないが。そこらへんのリサーチもバッチリらしい哲史の口調はくっきりと明快だった。

「そうなのか？」

「うん。そこ、今年の隠《かく》れた人気スポットらしくて、夏休み中は予約制らしいんだけど」

（プラネタリウム……なぁ）

覚えているのはカシオペア座とか北斗七星《ほくとしちせい》とか、それくらいである。翼は夜空に浮《う》かぶ星座などにはロマンスの欠片《かけら》も感じないので、興味も関心もなかった。

（けど、一時間ずっと哲史と手を繋《つな》いでいられるっていうのは、いいかもな）

まるで動機が不純すぎる翼であったが。普段《ふだん》、外で哲史とベタなスキンシップに走ることなど考えられない翼だから、それもありかなと。

なにせ、視界の暴力――とまで言われる日常的なスキンシップは龍平の専売特許である。あれは龍平だから許されるのであって、翼には絶対に真似《まね》ができない。いや……ほかの誰《だれ》にも、と言ったほうがいいかもしれない。

視界の暴力であっても、それがいつか悪慣れしてしまうと、それがないとなんだか物足りなくなってしまうから不思議である。

翼だって、たまには哲史と普通《ふつう》に手を繋いで歩きたい。

本心である。ラブリーな恋人《こいびと》同士というのは、そういうものだろう。

それをやる度胸がないのではなく、その後始末を考えただけでウンザリする……のでもなく。

それをやってしまうとマジで哲史をスキャンダルのドツボに叩《たた》き落としてしまうことがわかり

きっているからしない——だけである。

「どう？」

哲史が上目遣《うわめづか》いに翼の目を覗《のぞ》き込む。

「いいぞ」

翼が頷《うなず》くと、哲史が嬉《うれ》しそうに口元を綻《ほころ》ばせた。

「ホント？　んじゃ、あとで予約しとこう」

ウキウキと哲史が言うのを眺《なが》めて、翼はふと、先日の終業式のことを思い出した。

一学期は図書委員という地味なわりにはけっこう力仕事な役目を振《ふ》られた——決して自分から手を挙げたわけではなく、あくまで順繰《じゅんぐ》りで——ために、終業式のあとは図書館で最後のご奉仕《ほうし》であった。

黙々《もくもく》と仕事に励《はげ》む翼のおかげで、今学期の図書館利用者率が一気に跳《は》ね上がったことを、当の翼だけが知らない。それも、沙神高校の常識……であった。

そういうわけで翼が哲史よりも二時間ほど遅《おく》れて家に帰ってくると、いつになく、哲史は不《ふ》機嫌《きげん》だった。

『もー、マジで最悪。俺の靴《くつ》箱は苦情処理の窓口じゃねーって』

ブリブリと愚痴《ぐち》る哲史であった。

その理由がゲタ箱レター第二弾《だいだん》だと知って、翼の眉間《みけん》にはくっきりと縦皺《たてじわ》が刻まれた。

それが元親衛隊絡《がら》みではないらしいとわかっても、不快さに変わりはなかった。

今度は、いったい、どこのどいつ？

それがわかったとしても不快さが半減するわけではなかったが、哲史同様……いや、それ以上に裏書きの名前にはまったく心当たりはなかった。

ムカつく。

マジで、ムカつく。

——が。翼の不快な気分も、哲史が駐輪場《ちゆうりんじよう》に向かう途中《とちゆう》でバッタリ鉢合《はちあ》わせをしてしまった佐伯を地面に蹴《け》り転がしたことを聞かされると、わずかに浮上《ふじよう》した。

佐伯の懲《こ》りないバカッぷりにはウンザリを通り越《こ》してむかっ腹が立つだけだったが、バカと同じレベルで喧嘩《けんか》はしたくない——がポリシーの哲史が見事に反撃《はんげき》した瞬間《しゆんかん》を見逃《みのが》したのは、返す返すも残念でしょうがない。

（ざまーみやがれ）

口の端《はし》が嗤《わら》いで吊《つ》り上がるというより。

（みんな、呆然《ぼうぜん》絶句だったんじゃねーか？）

つい、片頬《ほお》が緩《ゆる》む。

薄《うす》くて細い……というだけで誰もが哲史を頭から舐《な》めてかかるが、これで、目からポロポロ鱗《うろこ》が落ちただろう。

衆人環視《しゅうじんかんし》の赤っ恥《ぱじ》。それは、大いに見物《みもの》だったに違いない。

『や……まさか、あんなにピタッとツボにはまるとは思わなかった』

哲史はそう言ったが。自分の身は自分で護《まも》る。そうした護身術の基本が役に立ってよかったと、本気で思う翼であった。

そんなことを思い出していると。

「ただいま」

尚貴がいつもより早めに帰宅した。

以前は三食外食ということも珍しくはなかった尚貴も、今では朝・昼・晩ときっちり哲史に餌付《えづ》けされてしまった。朝食と晩飯はともかく、昼弁まで持たせてやる必要はないのにと、翼の本音がだだ漏《も》れる日々であった。

「お帰りなさい、お父さん。すぐにご飯食べる？」

哲史がソファーから立ち上がって声をかけると。

「その前に、ちょっと哲史君に話があるんだけど」

尚貴が言った。

家に戻ってくると、辣腕《らつわん》弁護士という仕事モードから柔和《にゅうわ》な父親モードに切り替《か》わる尚貴だが、今夜はいつになく表情が硬かった。

（……なに？）

翼はわずかに眉《まゆ》をひそめた。

「……はい」

哲史もそれなりに違和感《いわかん》を覚えたのか、声が硬い。

哲史がソファーに座り直して尚貴が上着を脱《ぬ》いで腰《こし》を下ろすと、部屋の空気が一気に引き締《し》まったように感じられた。

「実はね、哲史君。先日、神宮寺家の顧問《こもん》弁護士から連絡《れんらく》があって、君の実の父親が亡くなったそうなんだよ」

無駄《むだ》な前置きもなく、尚貴は単刀直入に切り出した。どれだけ気を遣《つか》っても、哲史が受けるショックはたぶん変わらないだろうと思ったからだ。

「——は？」

「……え？」

翼と哲史がトーン違《ちが》いでハモる。

「俺の……父親？」

哲史の顔が驚愕《きょうがく》でわずかに強《こわ》ばりついている。

まさか、尚貴がそんなことを言い出すとはまったく予想もできなくて。翼は唖然《あぜん》とした。いや、それよりも、哲史の動揺《どうよう》がモロに伝わってきて。

「なんだよ、いきなり」

気色ばむ翼を。

（はい。気持ちはわかるけど、とりあえず、君は黙《だま》っていなさい）

目で押し留《とど》めて。尚貴は、青瞳《せいとう》を瞠《みは》ったままの哲史に視線を戻《もど》した。

「そう。神宮寺正臣さんと言います」

ジングウジ、マサオミ……。

哲史は胸の内でつぶやく。だが。それが自分の父親の名前だと言われても、ぜんぜんピンとこなかった。

なぜなら。哲史は父親の顔も、名前すら知らなかったからだ。今、初めて聞いた。——知らされた。それが同時に死亡宣告であるとは、まったく皮肉としか言いようがなかったが。

「え……と、お父さん。いきなり父親が死んだって言われても、俺……ぜんぜん実感ないんだけど」

本音がだだ漏れた。

哲史にとって『お父さん』と呼べるのは尚貴だけである。さっきはいきなり『父親』の話が出てうっかり動揺してしまったが、実のところ『神宮寺正臣』という名前には何も心に響《ひび》かなかった。

神宮寺正臣を、知らないからだ。両親が生まれたばかりの自分をいらないと言って忌避《きひ》し、互《たが》いに押しつけ合って養育を拒否《きょひ》した。哲史が知っているのは、それだけだ。父親も母親も、初めからいなかった。

なのに。

今になって——なぜ?

「その人とは、赤の他人も同然だし」

はっきりと明言する。

そうすることで、哲史は気持ちの在り処《か》を明確にしたかった。自分に対しても、なぜ今になって、それを告げるのかわからない尚貴に対しても。

「いきなりで、哲史君が困惑《こんわく》する気持ちは僕にもよくわかる。なのに、どうして、僕がこんな話をするのかというと、亡くなった神宮寺さんが君に遺産を残したからなんだよ」

「えッ?」

「はぁッ?」

期せずして、またもや哲史と翼がハモる。その声音《こわね》には、あからさまな温度差があったが。

「遺産……? 俺に?」

「そう。神宮寺さんの遺言《ゆいごん》でね。それも、かなりな額になりそうなんだよ」

哲史は絶句した。話の展開についていけなくて。

(それって……どういうこと?)

今まで名前も知らなかった『父親』が死んで、突然、遺産の相続人になる。そんな都合のよすぎる話は、小説とかテレビドラマの世界にしかないと思っていた。いや、まさか、そんな話の当事者に自分がなるということが、まず、信じられなかった。

何かの間違《まちが》いではなかろうか。

「それって……マジ？」

頬を抓《つね》る代わりに、哲史が口にする。

「大マジ。本マジ。ドッキリとかじゃないから」

尚貴が駄目押《だめお》しする。

何をどう言えばいいのかわからなくて。

内心で、ドデカいため息が漏れる。

（はぁぁ…………）

それって。

……なんか。

…………とっても不自然。

そんな気がするのは、哲史の気のせいだろうか。

「えーと、お父さん」

「なにかな？」

「俺……そんな名前も知らないような人の遺産なんて、いらない。つーか、別に欲しくないんだけど。今のままで充分幸《じゅうぶん》せだし」

すんなりと、その言葉が口をついて出た。

あまりにストレートな言い様に、尚貴は小さくため息を漏らした。

(きっと、本音でそう思っているんだろうなぁ)

それが、わかるから。

思いがけない巨額《きょがく》の遺産相続人。普通《ふつう》は驚愕しても、一言のもとに拒否することなどまずあり得ない。

なのに、哲史は即断《そくだん》で『いらない』——と言う。

それは今の今まで存在すらしなかった父親に対する片意地でも、憤《いきどお》りでもなく、ましてや恨《うら》み辛《つら》みですらないだろう。

哲史にとって大事なのは、大切なのは、過去のシガラミではなくこれからの未来である。そこには翼と龍平、尚貴はいても、神宮寺はいない。いや——むしろ不要なのだろう。いるモノ。

いらないモノ。

その線引きは、哲史の中ではくっきりと明快なのに違いない。

哲史と同居して家族になった尚貴だから、それがわかる。

たぶん。哲史の中では、両親に忌避された事実は事実としてそれなりにきちんと消化されているのだ。だから、今の哲史がある。

ごくごく淡々《たんたん》と実父を赤の他人と言い、その遺産すら欲しくないと口にできるのは哲史なりの矜持《きょうじ》だろう。

「これは、あくまで、哲史君の後見人としての僕の意見だけど」

そう区切って。尚貴は、依頼《いらい》人の利益を最優先する弁護士の顔で言った。

「もらえるモノはもらっておきなさい」

思わず反論をしようとした哲史の口を目で制し。

「だから。あくまで、後見人としての意見だから。いい？」

哲史はコクリと頷《うなず》いた。

「こんなことを言うと、哲史君はもしかしたら嫌悪《けんお》するかもしれないけど。お金はね、ないよりもあったほうがいい。幸せも愛情もお金では買えないけど、少なくとも、しなくてもいい苦労がお金で買えることは否定できないからね。逆に、お金の魔力《まりょく》に負けて身を持ち崩《くず》すことだってある。『あぶく銭《ぜに》は身に付かない』っていう言葉もあるくらいだから。でも、それはあくまで使う人の気持ちの問題だから」

哲史は身じろぎもしない。

なにより、尚貴は哲史が絶対的な信頼《しんらい》を寄せる理想の大人であるから、どんな言葉も聞き逃《のが》すまいと。

「神宮寺さんが、どうして遺言という形で哲史君に遺産を残そうとしたのか、僕にはわからない。その心情を確かめることもできなくなってしまったからね。哲史君は、今更《いまさら》そんなものには縛《しば》られたくないと思ってるかもしれないけど。どういう事情であれ、これは、神宮寺さんから哲史君へ正式に手渡《てわた》された真摯《しんし》な気持ちってことだから。もらえるものはもらっておいてもいいんじゃないかな」

哲史は頷きもしなければ、否《いな》とも言わなかった。ただ……。

「どうするか、もう少し考えてもいい？」

静かな口調でそう言った。

「もちろんだよ。今すぐに答を出す必要はないから。じっくり考えてもいいんだよ？」

後見人モードではなく、いつもの柔和《にゅうわ》な父親モードに戻った尚貴の言葉に、哲史はコクコクと頷いた。

◆◇◆◇◆

風呂《ふろ》から上がって、火照《ほて》った身体《からだ》を冷ます……というより、湯船に浸《つ》かったままあれこれ考えすぎてふやけてしまった脳味噌《のうみそ》にカツを入れるように、翼は冷蔵庫から冷茶のペットボトルを取り出してマグカップに注ぐと一気飲みした。

「はぁ……」

喉元《のどもと》から冷たさが染《し》み込んで、翼は大きく息を吐《は》いた。

（極悪《ごくあく》非道な親父《おやじ》からの遺産……なぁ）

まったく予想外のところから、いきなり核弾頭《かくだんとう》をブチ込まれたような気がした。おかげで、ラブラブ気分の夏休みプランが一気にポシャったような気分だ。

実父が死んだだけなら、尚貴だって、今更そんな話はしなかっただろう。哲史が言ったように、まったくの赤の他人も同然だったからだ。

だが。遺産絡《がら》みとなれば、まったく話は違《ちが》ってくる。

尚貴は、かなりの額——だと言った。そんな金を残すくらいだから、きっと、神宮寺家は相当な資産家であるに違いない。

（バッカじゃねーの）

本音で思う。

遺産を残すくらいの気持ちがあるのなら、どうして、哲史を忌避したまま会いにも来なかったのだろう。その気になれば、チャンスはいくらでもあったのに。

なのに。ずっと、音信不通の絶縁《ぜつえん》状態のままだった。

親子関係を修復しようと努力もしなかった。ただ黙殺《もくさつ》していただけ。

（死んで金だけ残して、どうすんだよ）

金で幸せは買えない。

腐《くさ》るほど金があっても、幸せとは限らない。

だったら、神宮寺正臣はどうだったのか。今更、そんなことはどうだっていいが。

もらえるものはもらっておいて損はない。

その通りだ。尚貴の言うことに間違いはない。この先、どうやったって金は必要だ。世の中は、金がなければ廻《まわ》っていかないようにできている。

杉本の祖父母は愛情深かったが、杉本の家は決して豊かではなかった。

そのせいで、哲史が苦労してきたのを翼はじっと見ていた。

見ていることしかできないのが、歯痒《はがゆ》かった。自分にはなんの力もないことが、ただ悔《くや》しかった。

だから、もらえるものはきっちりもらっておけばいいと思う。

(まぁ、親父がついてる限りその点はなんの問題もないだろうけど)

哲史が幸せになれるように、尚貴は最大限に力を尽《つ》くすだろう。

だが。生きている間はひたすら極悪だった実父が死んで、思いがけない遺産を残すことで、哲史が相続問題というトラブルに巻き込まれてしまうのではないかと翼は危惧《きぐ》する。

金が絡《から》むと人は変質する。世間様の常識である。

正当な相続人というのが何人いるのかは知らないが、遺言状《ゆいごんじょう》が公開されたら、そういうゴタゴタは付き物だろう。

（何もなきゃ、それが一番だけど）

それを思いつつ、翼は階段を上がって哲史の部屋のドアをノックした。

いつもは、ノックなどせずにそのままズカズカと入っていくのだが。なんとなく、今夜は、そのズカズカがためらわれた。

ドアを開けて中に入ると。哲史は、ベッドに寝《ね》そべって天井《てんじょう》を見ていた。

「哲史。風呂、空いたぞ」

「……うん」

いつもと違って、生返事だ。心ここにあらず……だろうか。

翼はベッドの端《はし》に腰掛《こしか》けて、哲史の青い目を見下ろした。

すると。わずかに焦点《しょうてん》のブレていた青瞳《せいとう》が翼をやんわりと見返した。

「なぁ、翼」

「……なに？」

「俺さぁ、ぜんぜん悲しくないんだけど」

なにが？

――とも。

どうして？

――とも、聞かなかった。

翼はただ。

「別にいいんじゃねーの？」

ボソリと本音を口にしただけだった。

「ジーちゃんが死んだときはメチャクチャ哀《かな》しくてひとりになったときは涙《なみだ》が止まらなくて鼻水まみれになって、逆にバーちゃんが死んだときは、なんかこう……心にポッカリ穴が空いたみたいで泣きたいのに泣けなかったけど。神宮寺って人が死んでも、『ふーん、そうなんだ？』って思うだけで、別に悲しくもなんともないんだよな」

それは、哲史にとっては実父がずっと赤の他人だったからだ。

「なのに、その人の遺産なんかもらっちゃってもいいのかな？」

「いいんだよ」

くっきり、しっかり、はっきり、翼は断言する。

「……そうかな？」

「そうだよ」

「……なんで？」

「それは、今までおまえが蔑《ないがし》ろにされてきた正当な慰謝料《いしゃりょう》だからだ」

そんなことはまったく考えもしなかったのだろう。哲史はわずかに目を見開いた。

（おまえって、ホント、欲《よく》の欠片《かけら》もねーよな。そういうおまえが、俺はものすごく……メチャクチャ好きだけど）

深い空の青さを切り取って嵌《は》め込んだかのような哲史の双玉《そうぎょく》が、しんなりと蒼《あお》みを増してしっとりと潤《うる》んだ。

「金ですべてをチャラにできると思ったら大間違《おおまちが》いだけど、おまえには、それを受け取るだけの正当な理由がある。だから、いいんだよ。もらえるモンは、全部もらっちまえ」

すると。哲史の顔がクシャリと歪《ゆが》んだ。

「……うん。ありがとう翼」

「なにが？」

「いっつも大事なとこで、俺の背中を押してくれるから」

「バーカ」

甘く、とろけるように囁《ささや》いて。翼は哲史にキスをした。いつも以上に優《やさ》しく、静かに唇《くちびる》を重ねた。

◆◇◆◇◆

風呂上《ふろあ》がりの翼からはいい匂《にお》いがした。

抱《だ》きしめられて、そっと重ねられた唇《くちびる》は柔《やわ》らかだった。

微熱《びねつ》のこもったキスは甘やかで。

――優《やさ》しかった。

いつものように快感を抉《えぐ》り出して貪《むさぼ》るような激しさはない。

そういうのも嫌《きら》いではないが、今は、心音がひとつに重なって溶《と》けていくような穏《おだ》やかさに心が和《やわ》らぐ。そんな、ただひたすら情愛深い口づけだった。

髪《かみ》を撫《な》でる手の優しさが、伝わってくる。

大丈夫《だいじょうぶ》。

何も心配ない。

いたわりのこもった翼の想《おも》いが、心に沁《し》みた。

翼と交《か》わすキスが好きだ。それは、どんなときでも、翼とキスをするだけで幸せな気分になれるからだ。

――好きだ。

――おまえが、ものスゲー……好き。

言葉よりも雄弁《ゆうべん》に語る口づけに、身も心もトロトロにとろけてしまう。

龍平の満開の笑顔《えがお》が哲史を癒《い》やしてくれるように、翼とキスをすることで得られる絶対的な安堵感《あんどかん》がある。

キスが好きなのではない。翼とするキスが好きなのだ。めったに見せない翼の笑顔を独り占《じ》めにできるから。

それって、すごいことだと思う。誰《だれ》も知らない翼を自分だけが知っているのだと思うと、ちょっとした優越《ゆうえつ》感すら感じる。

誰もが欲しがってやまない翼が、哲史を大切に想ってくれている。それが、嬉《うれ》しい。……とても。言葉では言い表せないほどに。

翼が、どうして自分みたいな貧相な身体《からだ》を抱《だ》きたいと思うのかは……謎《なぞ》だが。それでも、翼にとって自分が無価値ではないと思うと、それだけで舞《ま》い上がってしまいそうになる。

誰かに必要とされることで自分の存在価値を見いだす。そこまで卑屈《ひくつ》なわけではなかったが、自分が独りぼっちではないと思うだけで視界の風景さえ変わって見える。それは、紛《まぎ》れもない事実だった。

翼と龍平に対する哲史の気持ちは明確だ。好きのレベルが違《ちが》うのではない。ベクトルが違うのだ。

視界の暴力まがいの過剰《かじょう》なスキンシップ……と言われても動じないでいられるのは、龍平との間にセクシャルなものは微塵《みじん》もないからだ。哲史にとって龍平は特別な存在で、とても大切な幼馴染《おさななじ》みなのだ。

逆に。翼には、自分のすべてをさらけ出しても構わないくらいに好きなのだ。大事な、大切な……宝物。

そして。哲史にとって、二人が絶対に喪《うしな》えない存在であることは間違《まちが》いない。

『好き』

『恋《こい》しい』

『愛《いと》おしい』

幼馴染みという言葉では括《くく》ってしまえない、気持ちの在り処《か》。

確かな絆《きずな》を感じる。

龍平も翼も、自分の気持ちを言葉にするのに何も惜《お》しんだりしない。ストレートに、強く、はっきりと。そこには、自己責任が漏《も》れなく付いてくる。だから、迷いがない。

惚《ほ》れ惚《ぼ》れする。

首っ丈《たけ》になる。

手に入れたい。

自分のものにしたい。

そういう……欲望《よくぼう》。自分にもそういう衝動《しょうどう》があるのだと、気付いた。翼に求められて、初めて知ることができた。

驚《おどろ》いた。

そして——嬉しかった。

両親には愛されなかった自分を必要だと言ってくれる人間がいることが。本当に……すごく嬉しかった。

その両親――実父が死んだと聞かされても、単に余所事《よそごと》だった。

(いきなり、突然《とつぜん》……なに?)

確かにそういう驚きはあったが、ただそれだけだった。

特に悲しくもないし。

心も痛まない。

もちろん、涙《なみだ》も出なかった。

だからといって。愛されなかった恨《うら》みもないし、捨てられたという辛《つら》さもなかった。

実父の死に対しては、自分でも不思議なくらいに無感情だった。

哲史にとって、実父は赤の他人よりも遠い存在だったからだ。『父親』という言葉にはなんの実体もない、希薄《きはく》な人物でしかなかった。

普通《ふつう》、父親が死んだ――と聞けば、心のどこかで何かしら感情が揺《ゆ》さぶられるものなのかもしれない。

だが――何もなかった。

『へー……』

『ふーん……』

なかった。

でも、自分には関係ないことであった。これまでも、そして、これからも。そうとしか思えなかった。

『そうなんだ？』

【神宮寺正臣】

実父ではあっても、なんの興味も関心もなかった。持てるはずもなかった。

なのに。哲史に遺産をくれるのだという。きちんとした遺言状《ゆいごんじょう》まで作って。

――なんで？

わけがわからなかった。

運試《うんだめ》しで買った宝くじがまさかの大当たりをしたのであれば、それは超《ちょう》ラッキーで、有頂天《うちょうてん》にもなるだろうが。遺産……なんて。

あり得ない。

信じられない。

哲史という存在そのものを切り捨てた人が、どうしてそんなことをするのか……謎である。

いや――理解できない。

なんで。

どうして。

――今更《いまさら》？

いったい。

なんのために。

――そんなことを？

哲史にとっては、常識的に考えてあり得ないことだが。どうやら、そのあり得ないことが現実では起こっているらしい。尚貴がそう言うのだから、間違いはないのだろう。

実父が死んだという事実はまるで実感のない他人事《ひとごと》でしかなかったが。財産分与《ぶんよ》という現実は、リアルに生々しかった。

リアルすぎて、なんだか、どんよりした気分になった。

今現在、実質的に哲史の後見人である尚貴は。

「もらえるモノはもらっておきなさい」

そう言ったが。

（ホントに、いいのかな？）

哲史は自問する。

金のない辛《つら》さと生活の苦しさは、よく知っている。だから、尚貴が言うように、

【金はないよりもあったほうがいい】

その現実はよくわかる。

【幸せも愛情も金では買えないけど、少なくとも、しなくてもいい苦労が金で買えることは否

定できない】

たぶん、それが正論であることも。

【遺産は、神宮寺正臣から哲史へ正式に手渡《てわた》された真摯《しんし》な気持ち】

――だと、尚貴は言うが。それが本当にそうだったのかなんて、誰にもわからない。

そんなものがなくても、今、哲史は充分《じゅうぶん》に幸せである。片意地を張っているわけでも、見栄《みえ》を張っているわけでもない。それが、哲史の本音である。

実父が死んでも、まったく、ぜんぜん悲しくもなかったのに。

その死が受け入れがたいのではなく、まるで余所事にしか思えないのに。

――涙も出ないのに。

それなのに、平気な顔をしてその人の遺産をもらうなんて……。

(それで、いいわけ？)

そんな資格が自分にあるのだろうか。

それって、許されるのか？

(なんか……間違ってない？)

答の出ない自問が、頭の中をループする。

哲史的に、何が正解なのかもわからない。

そしたら。翼が言った。

それは、今までおまえが蔑《ないがし》ろにされてきた正当な慰謝料《いしゃりょう》だ——と。

なんか……目からウロコが落ちた気がした。そんなふうにはまったく考えてもいなかったからだ。

両親から愛されなかったのは、自分の目が普通ではなかったからだ。ごく普通の日本人夫婦《ふうふ》の間には生まれるはずのない青瞳《せいとう》だったからだ。

皆《みな》が、普通ではないと言った。

普通ではないことが自分の責任のように思えた。

だから、両親に忌避《きひ》されてもそれは自分が悪いのだと。頭の片隅《かたすみ》ではそう思っていた。

異質。

奇異《きい》。

なんか、不気味。

誰《だれ》もが、哲史をそういう目で見た。杉本の祖父母は自分を愛してくれてはいたが、同時に、心のどこかではいつも不憫《ふびん》だと思っていたように思う。目が普通でありさえすれば、こんなことにはならなかったのに……と。こっそり、ため息を漏《も》らしたこともある。

哲史の青瞳を無条件で『綺麗《きれい》』だと褒《ほ》めてくれたのは、翼と龍平だけである。だから、哲史は哲史のままでいられた。

自分のせいで、両親は離婚《りこん》した。

だから。今まで哲史の人生の中には存在しなかった実父が死んで、まったく心も痛まない自分がその遺産をもらうことに抵抗《ていこう》があった。

さもしいのではないか。

見苦しいのではないか。

そういうのって、金に目が眩《くら》んだみたいで……なんか、嫌《いや》だ。

けれども。翼は言った。

『おまえには、それを受け取るだけの正当な理由がある』

——と。

悶々《もんもん》としていた気持ちを、翼が蹴散《けち》らしてくれた気がした。

嬉《うれ》しかった。

それで、ものすごく気が楽になった。

とたんに、目が潤《うる》んだ。

どんなときにでも、翼は、哲史が欲しい言葉で背中を押してくれる。それを思ったら、なんだか……思わず泣けてきた。

好き。

……好き。

すっごく……好き。

哲史は翼の背中に手を回して、きつく抱《だ》きしめる。

甘くとろけるようなキスでズクズクになってしまったのか。それとも、心の奥が満ち足りて心臓がバクバクいっているのか。もう、それすらもわからない。

ただ、翼を抱きしめて。

——抱きしめられて。

互《たが》いの鼓動《こどう》がシンクロしてひとつに溶《と》け合う瞬間《しゅんかん》が、この上もなく幸せすぎて。もう、遺産のことなどどうでもよくなってしまった。


抱きしめて、キスをする。

舌で歯列を割って、深く唇《くちびる》を重ねる。

絡《から》ませた舌を吸って……キスを貪《むさぼ》る。

翼の独占欲《どくせんよく》が空回りしないのは、哲史がきちんと想《おも》いを返してくれるからだ。

だから、翼は余裕《よゆう》が持てる。いつでも、どんなときでも。好きな気持ちはダダ漏れになっても、垂れ流しにしない哲史がすごく大切だった。

過去も。

今も。

――これからも。

何があっても手放せない想いは、濃密《のうみつ》になることはあっても希薄《きはく》になることはない。だから、その分だけ自分は強くなれる。それを疑いもしない翼であった。

＊＊＊＊＊　VI　＊＊＊＊＊

今日の昼食は——ほとんど遅《おそ》めの朝食と言ったほうがいいかもしれないが、素麺《そうめん》だった。家の中にいても熱中症《ねっちゅうしょう》になるくらいの猛暑《もうしょ》だから、あまり食欲《しょくよく》もわかない。

それ以前に、夏休みに入るとたんに気が緩《ゆる》んで体内時計も狂《くる》ってしまう。そういうわけで母親が作り置きしておいた素麺を冷蔵庫から取り出して、一人モソモソと食べていると。

「なによ、お兄ちゃん。さっきから一人でニヤニヤ思い出し笑いなんかして。すっごくキモいんだけど」

いきなりテーブルの真向かいに座って、花音が言った。

一瞬《いっしゅん》、ドキリとした。

なぜなら。ちょうどそのとき、美貌《びぼう》の異母兄《けい》を思い浮《う》かべていたからだ。

あの奇跡《きせき》とも言える接近遭遇《そうぐう》からずっと、悠斗の頭の小部屋には超絶《ちょうぜつ》美形のお兄さんが棲《す》んでいる。どこの高校の制服かは知らないが、美形は何を着てもバッチリ決まる。そういう気がした。

「別に、ニヤニヤとかしてないし」

「してるわよ。こないだも、携帯《けいたい》見ながらうっとりしてたじゃない。もしかして、変なサイトとか見てないよね？」

このところ、花音はやけにこまっしゃくれてきた。

父親が死んで三人だけの生活も夏休みに突入《とつにゅう》すると、ようやく、父親がいない日々にも慣れてきた。

父親を亡《な》くした悲しみも辛《つら》さも、いまだに薄《うす》れはしないが。だからこそ、しっかりしなきゃ……という自覚が自《おの》ずと芽生えた。それもあってか、悠斗の目には花音が急に大人びたように感じられた。

「なんだよ、変なサイトって」

「だから、エロ・サイトとか、そういうのよ」

(それって、おまえ、セクハラだろ)

少なくとも、妹が兄に向かって言う台詞《せりふ》ではないだろう……と、思う前に。

「そんなわけないだろ」

胸のドキドキごと、力いっぱい全否定する。

花音がいつのときのことを言っているのかは知らないが、たぶん、見ていたのはデジカメから携帯電話に転送した異母兄の写真だ。自分ではどんな顔をしていたかはわからないが、見惚《みと》れていたのは事実だ。

何度見ても、飽《あ》きない。本当に、この超絶美形な高校生が自分の異母兄かと思うと、あんなにイライラしてムカついた日々がまるで嘘《うそ》のようだった。

ただの現金な奴《やつ》？

それとも、ご都合主義？

まぁ、なんと言われても反論のしようもないが。

今ではもう日に何度も携帯電話を開いては、異母兄の写真を見なければいられない悠斗であった。

まるで、一種の中毒症《しょう》？

ちょっとヤバイかも……。そんな気がしないでもない悠斗であった。

「ホント？」

疑わしげな花音の目つきが鬱陶《うっとう》しい。

「花音、ウザい」

異母兄の写真のことは花音にも内緒《ないしょ》だ。見せてやるのがもったいない。あれこれ問い質《ただ》されるのは、もっとウザい。だから、自分だけの秘密だった。

「ママ、今日も弁護士さんのところかな」

もしかしたら、今までの会話は本題に入るまでの長い前振《まえふ》りだったのか。花音の話題が突然《とつぜん》すり替《か》わった。

「いろいろ手続きがあるんだろ」

それがどういうものなのか、悠斗にはわからないが。家に引きこもっているよりは、そのほうがいいと思う。

真田の伯父《おじ》も伯母《おば》も、そう言っていた。こういうときは、頭よりも身体《からだ》を動かしていたほうがいいと。

「向こうのお兄ちゃんも、弁護士さんのところに来るのかな？」

――ドキッ。

鼓動《こどう》がひとつ跳《は》ねた。

以前は花音が気安く『お兄ちゃん』呼ばわりするだけでも気に障《さわ》ったのに、今は、別の意味でドキドキした。

(あの人はお兄ちゃんじゃなくて、お兄さん……なんだよ)

胸の内でひっそりとつぶやく。本音を言えば、あまりにも美形すぎて『お兄さん』と呼ぶのにも気後《きおく》れをする。

遠巻きで見ている分にはいいが、目と目が合ったら、きっと、何をしゃべったらいいのかもわからないだろう。それはそれで、あまりにも不様……という気がするが。

だって、今でも信じられない。

あのときは衝撃《しょうげき》が強すぎて、正直、どうやって自宅に戻《もど》ってきたのかもウロ覚えだった。なんだか、フワフワとした夢心地《ゆめごこち》のようで。デジカメの中のスナップがなければ、暑さで頭がボーッとなって幻覚《げんかく》を見ただけではないかと思ったかもしれない。

しかし。錯覚《さっかく》でも妄想《もうそう》でもなかった。彼は――杉本哲史は確かに存在した。

甘さを排《はい》した王者の風格？

それとも、美貌のカリスマ？

彼のイメージを言葉で表すにはボキャブラリーが貧困すぎて、なんだか……メゲる。

ただ――誇《ほこ》らしかった。半分しか血が繋《つな》がっていないとはいえ、あんな美形が自分の兄であることが。

彼のことを考えるだけで、胸の鼓動がドクドクと逸《はや》った。最初の衝撃が去って、時間が経《た》つとともになんだか心がウズウズとした。

「向こうのお兄ちゃんと正式にご対面とか、ならないのかなぁ」

「おまえ……したいわけ？」

「だって、興味あるもん。パパの子どもだし」

きっぱりと言い切って。

「でも、もしかしたらママは会いたくないかもしれないけどね。やっぱり、前の奥さんの子どもっていうこだわりがあると思うし」

花音はトーンを落とした。

母親のこだわり……。

そう。最大のネックは、そこだ。たとえ悠斗と花音が異母兄との対面を希望しても、母親がそれを許してくれるとは限らない。

それでもいいかな、と思う。今は——まだ。

(だって本当にご対面とかになったら、花音の奴、絶対にベタ惚《ぼ》れしそうだし)

——確実に。

今だって、異母兄に興味津々《きょうみしんしん》なのを隠《かく》そうともしないのだから。あの超絶美形が自分の『お兄ちゃん』だと知ったら、完璧《かんぺき》に舞《ま》い上がるだろう。ただのミーハーを通り越《こ》して、のぼせ上がってしまうに決まっている。

そんなのは——イヤだ。

たとえ、妹であっても。

あの異母兄にベタベタしまくられるのは我慢《がまん》できない。

——と、思う。

そんなことは許せない。

——たぶん。

妹にはそれが許されても、男の自分がそれをやったらただキモいだけだろう。最悪、ドン引きされるかもしれない。

だったら。自分だけの密《ひそ》やかな楽しみであったほうがいい。

自分だけが異母兄《けい》の価値を知っている。そのことに、悠斗はわずかな優越《ゆうえつ》感すら覚えた。

◆◇◆◇◆

沙神高校、体育館。

夏休み中であっても、体育館の熱気は止まらない。

インターハイ出場を目指した県大会の準決勝で惜敗《せきはい》した男子バスケット部は、その反省点も踏《ふ》まえ、いつも以上にハードなスケジュールをこなしていた。

リズミカルに弾《はず》むボール音と、床《ゆか》を嚙《か》むバッシュ音。

パス回しの野太い掛《か》け声と、ボールがリングを揺《ゆ》らす音。

上がる体温。

荒《あら》い息遣《いきづか》い。

飛び散る汗《あせ》。

才能はたゆまぬ努力で磨《みが》かれる。テクニックは地道な練習の積み重ね。何事も、基本があっての応用である。

もっと、強く。

更《さら》に、速く。

より、高みを目指して。

夏休み中の部活は、ゴール下で競《せ》り負けない体力と持久力を徹底《てってい》的に鍛《きた》えるための身体作りには欠かせない。

気力。

体力。

集中力。

どれが欠けても、ハードな部活はこなせない。

ピィ～～～～ッ。

体育館にホイッスルが響《ひび》き渡《わた》ると、濃密《のうみつ》だった緊張感《きんちょうかん》が一気に解《ほぐ》れた。

「今日の部活は、これで終了《しゅうりょう》するッ」

男子バスケ部主将である黒崎《くろさき》が声を張り上げると。

「ありがっ――したぁッ」

館内は野太い斉唱《せいしょう》で揺れた。

息は上がっても、心地《ここち》よい疲労感《ひろうかん》。それぞれがしっかりクールダウンをして、怪我《けが》のないように最後まで心掛《こころが》けること。それが、ハードな練習メニューを支える基本である。

真夏の部活の必需品《ひつじゅ》であるクーラーボックスを空にして部室に移動し、ボールを専用ケージに入れて、最後にモップで床を磨き上げれば、本当の意味での部活が終了する。

本日のモップ係は二年生部員である。

清掃《せいそう》ロッカーからモップを取り出しながらの話題の中心は、明日からの部活休みをどう有意義に過ごすか……であった。

出校日に提出する課題テキストを期日までにどう攻略《こうりやく》するかではなく、有意義イコール遊びのプランであることは言うまでもないことである。

「やっぱ、海だろ」

山形《やまがた》が言った。夏《バカンス》イコール海という発想自体がワンパターンという気がするが。そこは誰《だれ》も突《つ》っ込まない。あくまで、プランであるからだ。

「焼けるっていうより、焦《こ》げそう」

すかさず、永井《ながい》がチャチャを入れる。きらめく太陽というより、ギラつく太陽光線でこんがりローストされてしまいそうである。

「だから、いいんじゃねーか。俺らインドア・スポーツなんだから、ちっとは健康的に焼けないと」

学校までは自転車通学で、すでにしっかり制服焼けをしている山形がそれを言っても、大した説得力はないような気もするが。

「けど、海焼けって痛そうじゃねー？」

梶原《かじわら》が顔をしかめる。

「だよな。だったら、プールのほうがマシかも」

「プールだって、けっこう焼けちゃうよ？　日陰《ひかげ》ないから、帰る頃《ころ》はヒリヒリだもん」

龍平が言うと。

「そういや市村って、日焼けしても黒くならずに赤くなるタイプだよな」

江上《えがみ》がジロジロと見やった。

「うん。なんかすぐに真っ赤になっちゃうから、ツックんが、おまえは『因幡《いなば》の白ウサギ』タイプだって」

とたん。皆《みな》があからさまにプッと噴《ふ》いた。

「えー、なに？　そのリアクションは」

一人だけならまだしも、皆が一斉《いっせい》に……なんて。それは、どう考えても失礼すぎだろう。

実際、翼が言うところのたとえそのものが、ある種の暴言そのものだったかもしれないが。

龍平にとってのキモは『白ウサギ』という可愛《かわい》らしいイメージであったので、それ以外のところは耳スルーであった。

「だって、なぁ？」

ゲラゲラ笑いながら、江上が目配せをする。

「おぅ」

「チョー受ける」

「そうそう。杉本がウサギってんならわかるけど。市村はねーよな」

「デカすぎ、デカすぎ」

「ウサギっていうより、やっぱ、シロクマだろ」

永井がペロッと吐《は》きまくった。

「ちょっとぉ。それって、失礼すぎじゃない？」

さすがに龍平がムクれると。

「蓮城の目にも、幼馴染《おさななじ》みフィルターがかかってんじゃね？」

「……かもな」

ひとしきり、皆で大笑いだった。

「けど、蓮城だって真っ黒にはほど遠いって感じ」

「チャリ通って、だいたいが制服焼けすんのになぁ」

「まさか、日焼け止め塗《ぬ》りまくりってことはねーよな？」

さすがに、それはキモい――と思う江上であった。

「やっぱ、カリスマパワー全開でサン・プロテクター発動ッ――て感じ？」

「眩《まぶ》しすぎぃ〜〜〜ッ」

「永井も梶原も、ツッくんで遊ばないでよ」

いや。

……いや。

…………いや。

こんなときでもないと、ツッコミどころがあまりにもなさすぎだろ。……とか、本音で思う山形であった。

「ていうか、市村。おまえら、マジでプールとか行ったりするわけ？」

「んー……ツッくんとはないかな。ツッくん、人で混《こ》み混みのレジャープールとかマジで嫌《きら》いだから」

それも、筋金入りの。

アレとか、ソレとか、あんなこと……とか。本当に、たぶん、一発で懲《こ》りたのではないだろうか。

なんにせよ、翼とレジャープールの相性《あいしょう》は最悪。それだけは間違《まちが》いない。

「そう……なんだ？」

「ウォータースライダーとかにも興味ねーの？」

「うん。どっちかっていうと、スポーツジムのプールでしっかり泳ぎたい派？」

泳ぐこと自体は好きなのだ。ただ騒々《そうぞう》しい外野の雑音はシャットアウトしたいだけで。

「あー……なんかわかる」

「俺も。ウォータースライダーでキャッキャ言ってる蓮城って、ぜんっぜんイメージできないもんな」

「そうそう。それよりも、会員制クラブとかでストイックにひたすら泳いでそうだしな」

うん、うん……と、頷《うなず》き合う江上たちであった。

「けど、蓮城とはなくても、杉本とは行くんだ？」

「うん♡」

即答《そくとう》である。しかも、ニッコリ笑顔《えがお》付き。

「テッちゃん、ウォータースライダー好きだから」

それは、初耳だった。

――と、いうか。学校では、あれやこれやで、すでに『スキャンダル・キング』の名前をほしいままにしている哲史だが、そのプライベートは意外なほど漏《も》れてはこなかった。翼の場合は、更《さら》にその上を行くが。

江上たちが知っていることと言えば。哲史が中学の頃から翼の弁当係をやっていることと、偏食《へんしょく》キングだった翼が哲史の料理で餌付《えづ》けされて今に至っていること。そして、龍平の部活グッズ選びには哲史が欠かせないこと――くらいである。

【テッちゃん】

【ツッくん】

龍平の口からその名前が連呼されない日はないくらいに親密なのに、彼ら三人のプライベートが無駄《むだ》に語られることはない。まったりした甘い口調ほどには、龍平の口は軽くないのであった。

（そうなんだよなぁ）

今更《いまさら》のように江上は首を傾《かし》げる。

今ではすっかり沙神の定説と化してしまった『視界の暴力』というビジュアルのマジックに目が眩《くら》んで、誰もそれを不思議に思わないのだから。

それを意識的にやってのけているのであれば、充分《じゅうぶん》、確信犯であるが。そこは天然脱力《だつりょく》キングの龍平である。きっと、なにげなーく、さりげなーく、天然パワーを発揮しているに違《ちが》いない。

「チャリで十分くらいのところに市民プールがあるんだけど、そこ、小学校のときからテッちゃんとよく行ってたんだよ」

夏休みのお楽しみといえば、それくらいしかなかった。龍平が泳げるようになったのも、そこで哲史と猛練習《もうれんしゅう》したからだ。

その頃はちゃんと翼も一緒《いっしょ》だったのだが。そこでも翼の逆ナンパ率はハンパではなく、ウンザリを通り越《こ》しての暴言毒舌《どくぜつ》針千本……を絵に描《か》いたような翼のブラック大魔王《だいまおう》ぶりが凄《すご》かったことは今でもよく覚えている。

「——今も？」

「たまに。俺が部活休みのときくらいしか一緒に行けないけどね」

バスケは好きだが。ハードな部活漬《づ》けになんの不満もないが。哲史となかなか一緒に遊びに行けないのが残念無念な龍平であった。

そんな龍平とは対照的に。

（杉本、度胸あるよなぁ）

しみじみと江上は思い。

（さすが、最強のパンピー）

山形はどんよりとため息をつき。

（誰《だれ》にもマネできねーよな）

梶原は微《かす》かに唸《うな》り。

（ホント、尊敬しちゃうぜぇ）

思わず、口笛を吹《ふ》いてしまう永井であった。

下手《へた》をすれば女子より細いのではないか——の哲史と、ゴールリング下でも体当たり負けしない龍平とでは、その体格差がすごい。海パンひとつになったら、その差は更に増すに違いない。

それが、哲史はまったく気にならない。……らしい。同じ男として、そういうコンプレックスはまったくないというのが本音なのかどうか、一度じっくり聞いてみたい江上であった。

——いや。それよりも何よりも、視界の暴力まがいのスキンシップ過剰《かじょう》な龍平が、プールサイドで、とろけるような笑顔と甘ったるい声で、

『テッちゃ〜〜ん♡』

——を連発する光景を浮《う》かべるだけで、すでに目の毒であった。

ふと気付けば、時間もだいぶ過ぎている。

「ハイ、ハイ。とっととモップ掛《が》けして帰るぞーッ」

江上の掛け声に。

「オーッ」

とりあえず、モップを持って一斉《いっせい》に散らばる二年生部員であった。

◆◇◆◇◆

今日から、部活休みになった龍平が蓮城家に泊《と》まりに来る。それも、夏休みの定番である。

テスト勉強のときには合宿だが、夏休みのそれは、ほとんど家庭内キャンプであった。

例のプラネタリウムは予約日と龍平の部活スケジュールがどうしても合わなくて、結局、翼

と哲史のプチ旅行となりそうだった。龍平は、

「あー、ショックぅ……」

——を、連呼していたが。これぱっかりは、どうしようもない。それで、

「おみやげ買ってきてね？　絶対だよ？」

しっかり念を押しまくった龍平であった。

「テッちゃん、おっはよー」

午前十時を過ぎると、龍平がいつものお泊まりグッズ——愛用の枕《まくら》と着替《きが》えと歯ブラシ——をバッグに詰《つ》めてやって来た。

「おはよう、龍平」

出迎《でむか》えてくれた哲史は、いつもと変わりない笑顔だった。

それで、龍平はとりあえずホッとした。

このあいだ電話したときになんとなく哲史が元気がなさそうだったので気になっていたら、尚貴から実父が死亡したことを伝えられたことを打ち明けられたのだ。

マジでビックリした。

いや……ギョッとした。それで、思わず手にした携帯電話《けいたいでんわ》を落としてしまいそうになった。

まさか。

——本当に？

なんで。

——今頃《いまごろ》？

下手なツッコミも入れられないくらいに、ある意味ショックだった。実父が死んだことよりも、それを聞かされた哲史がどういう気持ちだったかと思うと胸の奥がキリキリ痛んだ。

そしたら、哲史が。

『神宮寺正臣……っていうんだって、その人。なんか、変な感じ。今までずっと赤の他人だったのになぁ。だから、その人が死んだって聞かされてもぜんぜん哀《かな》しくもないし。俺……変かな？』

そう言った。

「ぜんぜん、変じゃない。だって、その人はテッちゃんの生物学上の父親ってだけで、テッちゃんのお父さんじゃないもん」

つい口走ってしまった。

本音だったからだ。

「テッちゃんのお父さんは、ツッくんのお父さんだけだし」

だから。哀しくなくても、涙《なみだ》が出なくても、ぜんぜん変じゃない。

『……うん。翼もそう言ってくれたから。龍平にもそう言ってもらえると、それでいいんだって気がする』

そのあと、速攻《そっこう》で翼の携帯電話にかけた。

哲史には聞けない話も、翼になら聞けそうな気がしたからだ。

そしたら。哲史が死んだ実父から遺産相続人に指定されていることを聞かされて、更に驚《おどろ》いたのだった。翼が、そのことで哲史が相続問題のゴタゴタに巻き込まれるのではないかと真剣《しんけん》に危惧《きぐ》しているらしいことを知って、もはやため息しか出ない龍平であった。

人間って、どこで何が起こるかわからない。だから、人生は筋書きのないドラマ……とか言われるのだろうが。退屈《たいくつ》だ、退屈だ……とか口にしても、波瀾万丈《はらんばんじょう》の人生なんて本当は誰も望んではいないに違いない。

平凡《へいぼん》でもささやかな幸せ……。

それだけでいいのに、簡単そうで、それが一番難しいなんて。なんだかなぁ——と思わずにはいられない龍平だった。

だから、電話ではなく久しぶりに哲史の顔を見て、哲史がいつもの哲史であることに心底ホッとしたのであった。

昼は哲史の作った五目チャーハンを食べて、それから三人で定番の焼き肉パーティーの材料を買いに近くのスーパーに行くことにした。

そんなことは夏休みならではの限定なので、いつになくカートを押すのが楽しくてならない哲史であった。

「肉は、やっぱりロースだろ」

まずは精肉コーナーで立ち止まって、品定めが始まる。

「カルビもおいしそう」

「量と値段でいうなら、バラかな」

「いっぱい食うなら、やっぱりバラだよね」

「うまいほうがいいに決まってるだろ」

「タレつけて食っちゃえば同じだって」

高級もそれなりも、腹の中に入ってしまえば同じ——の論理である。さすがに、あとはクソになって出るだけ……とは、誰も口にしないが。

「龍平。おまえ、相変わらずアバウトだな」

「ツッくんの舌が肥えすぎなんだってば」

食い物の話になるとそれぞれのこだわりがあって、白熱する。

これが尚貴と行くパターンなら、料金の心配などしなくても肉は食い放題だが。日常的に蓮城家の財布《さいふ》を預かっている哲史にしてみれば、我が家のエンゲル係数はやはり気になるところである。

「じゃ、どっちも食いたい肉をワンパック選んだら、あとはバラってことでよろしく」

残ったバラは使い勝手がいい。タマネギと煮《に》て牛丼《ぎゅうどん》にすれば、翌日の昼飯にもなるし。だから、残っていればの話だが。

翼は『しょうがねーな』とばかりに哲史を見やり、龍平は『ハーイ』と笑顔《えがお》で応《こた》える。

そして。迷わず、牛ロースの一番デカいサイズのパックを摑《つか》んでカゴに入れた翼は。

「大きくても小さくても、ワンパック……だよな?」

きっちりと念を押した。

哲史は内心でプッと噴《ふ》く。

(そんなムキにならなくても……)

龍平と本気で張り合う翼のそういうガキっぽさが、哲史は好きだ。普段《ふだん》の翼が翼だから、とてつもなく可愛《かわい》らしく思えてしまうのだった。

一方の龍平は、と言えば。やはり、ズッシリと重たいカルビの特売ラージパックを持ってきた。そして、カゴの中のドデカいパックを見るなり、へへへ……と笑った。

「やっぱり、好きなものはいっぱい食いたいよね」

翼も龍平も基本は同じだと思うと、哲史はそれだけでもうなんだか笑えてしまって。堪《こら》えても堪えきれずに肩《かた》を揺《ゆ》らした。

「え? なに? どうしたの、テッちゃん」

いきなり笑い出した哲史に、まるでわけがわからなくて。龍平は戸惑《とまど》う。

「や……別に。ただ、可愛いなぁって」

口にしながらも、哲史のクスクス笑いは止まらない。

「誰《だれ》が？」

「龍平と翼が」

するると。龍平が真顔で言った。

「テッちゃんのほうが絶対に可愛いよね？　ツッくん」

それに関してはまったく異存のない翼が『当然だろ』とばかりに頷《うなず》くと。

「俺なんか、こないだ、江上たちにシロクマとか言われちゃったし」

どんよりと言った。

「なんで？」

「だから。日に焼けても赤くなるだけって話の流れで、ツッくんが昔、俺のこと『因幡《いなば》の白ウサギ』タイプって言ったでしょ？　そしたら、ウサギじゃなくてシロクマだろって。それってさ、失礼すぎだよねぇ？」

とたん。今度は、翼が噴いた。

プッ……ではなく。

ブッ――である。

その差は大きい。

哲史は噴くより先に、

（上手《うま》いこと言うなぁ）

つい、感心してしまった。

昔の龍平は哲史よりも華奢《きゃしゃ》で、本当にフワフワ・ホワホワの綿菓子《わたがし》のような可愛らしさだったが、今はその面影《おもかげ》もないほどの美丈夫《びじょうふ》である。といっても、龍平の基本はあくまで『のんびり』『まったり』でクマの獰猛《どうもう》さとは無縁《むえん》だったが。

「あー……なんだよ、ツッくんまで」

ただウケた……というより、すっかり笑いのツボにはまってしまったのか、日頃《ひごろ》の無表情がまるで嘘《うそ》のように翼は派手に肩を揺らした。

そして。ひとしきり、笑って。

「あー……腹が痛《い》てー」

――言った。

「まぁ、グリズリーよりマシなんじゃねー？」

そういう問題ではないが、確かに、シロクマのほうが綺麗《きれい》で品があって愛嬌《あいきょう》があるのは間違《まちが》いない。

「俺、ウサギのほうがいい」

ブスリと、龍平が漏《も》らす。

「うん。龍平は永遠の白ウサギだから」

「テッちゃん。なんか、無理やり誤魔化《ごまか》そうとしてない？」

「してない。してない。江上たちは龍平の白ウサギ時代の可愛らしさを知らないんだから、しょうがないって。なぁ、翼？」

「まぁ、そういうこと」

「思いっきり爆笑《ばくしょう》したあとにそんなこと言われても、なんだかなぁ……って気がする」

龍平は思いっきり不満そうだったが。

「ほら、行くぞ、龍平。次は野菜だから」

哲史は龍平の背中をバシバシ叩《たた》きながら、カートを押した。

「俺、カボチャとパプリカは絶対だから」

「ゲッ……。俺はパス」

「どっちが？」

「パプリカって苦いだろ」

「ピーマンよりも甘いって」

「いーや。絶対に苦い」

「俺はねぇ、テッちゃん。セロリとキューリのディップ・サラダがいいなぁ」

「タルタル？」

「ニンニク味噌《みそ》♡」

「龍平。おまえ、注文がうるさすぎ」

三人のおしゃべりは止まらない。そんな哲史たちを、擦《す》れ違《ちが》いざまに足を止めて振《ふ》り返る人の目もまた。

そんなこんなで。焼き肉の材料だけでなく、せっかく自転車が三台もあるのだからと、ついでに日用品の補充《ほじゅう》も兼《か》ねてから三人が蓮城家へと戻《もど》ってくると。家の前では、見知らぬ少年が蓮城家を窺《うかが》っていた。

◆◇◆◇◆

父親が死んでしまった今年の夏休みは、いつもの夏休みとは違う。当たり前のことだが。

今夏は父親の初盆《はつぼん》だから、いつものように楽しみにしていた家族旅行も結局なしになってしまった。

学校の友達もそれなりに気を遣《つか》っているのか、いつものような遊びの誘《さそ》いもない。何もかもがナイナイづくしになって、すっかり手持ち無沙汰《ぶさた》になってしまった悠斗だった。

父親の初盆だから、もしかして、異母兄も来るのだろうか。悠斗と花音の関心は、言ってしまえばそれに尽《つ》きた。

「どう思う？　お兄ちゃん」

「わかんないよ」

「でも、普通《ふつう》、絶対に来るよね？」

何が『普通』なのか、それが問題だ。

「だって、パパの初盆なんだから。やっぱり、向こうのお兄ちゃんにも来て欲しいよね？」

それが花音の希望……嘘のない気持ちなのだろう。

もしかしたら。その席で初めてのご対面を期待しているのかもしれない。

だが。初盆の準備に追われている母親からは、その点については、まったく何も聞かされていなかった。

来るのか。

――来ないのか。

いや……そうではなく。その席に異母兄を呼ぶのか、呼ばないのか。つまりは、そういうことなのだろう。

父親の葬式《そうしき》に異母兄が来なかったのは、当然の成り行きだったかもしれないが。なにしろ、悠斗たちはその存在すら知らなかったのだから。むしろ、来たら来たでパニックになっていたかもしれない。

けれども。遺言状《ゆいごんじょう》が公開されて異母兄の存在がクローズアップされた今となっては、来るのは当然の常識だったりするのかもしれない。

亡《な》くなった父親が親権を放棄《ほうき》しても、異母兄が父親の実子であることに変わりはない。弁護士の赤木もそう言っていた。だったら、母親が再婚《さいこん》しようが、いまだに『杉本哲史』である異母兄が父親の初盆に招かれるのは当然……かもしれない。

そんなふうに、悠斗は思っていたのだが。

「ママ……。あのさ、パパの初盆に、あの人は……来たりするわけ？」

悠斗なりに言葉を選んで問うと。母親の顔は一瞬強《いっしゅんこわ》ばった。

「……いいえ。たぶん、来ないと思うわ」

硬《かた》い声だった。

けれど。それは、母親の中ではすでに決定事項《じこう》であるかのような口ぶりだった。

「どうして？」

花音が言った。

「向こうはパパの遺産をもらうんでしょ？　だったら、来るのが当たり前なんじゃないの？　もらう物はもらって、なのに、初盆に顔を出さないのはおかしい」

花音の言い分は正しい。

——と、悠斗も思う。

それが正論かどうかは別にして、家族の心情としてはそういうものだろう。

「なんで、来ないの？　まさか、知らせてないってことはないよね？」

花音にとっては、愛する父親の初盆に異母兄の参列は外せない必須《ひっす》条件であるかのようだった。

来ないのか。

それとも、知らせていないのか。

悠斗と花音にとって、その差は大きい。

それは、この先の展開が大きく変わってくるからだ。もしも、初盆の席で初めての対面にな

れば、その距離感《きょりかん》はずっと近くなる。でなければ、異母兄との距離はますます遠くなる。そん

な気がした。

「いろいろ事情があるのよ」

母親は、口重くそう言った。

それは、異母兄の母親が反対しているからだろうか。

それとも、異母兄自身が拒否《きょひ》しているのか。

あるいは……。

悠斗なりに考えてみる。それでも、想像するには限界があるが。

母親の言う『事情』がどういうものかは、わからないが。そこには、呼びたくないという母

親の強固な意志も当然入っているのかもしれない。

「事情って？」

花音が更《さら》に突《つ》っ込む。

「だから、いろいろ……よ」

「何がいろいろなのか、わかんない」

花音が口を尖《とが》らせる。

「子どもにはわからないことよ」

（ママ……。そういう言い方って卑怯《ひきょう》だと思う）

悠斗はどんよりとため息をついた。

大人の『事情』と『都合』には子どもにはわからない『理由』があるのだとしても、子どもには子どもなりに思うところがある。それを頭ごなしに駄目出《だめだ》しされたら、悠斗だって納得《なっとく》がいかない。

「あなたたちには納得がいかないかも知れないけど……。言えないこともあるの」

「なら、いつになったら言えるわけ？」

「そうね。あなたたちがもっと大きくなってから……かしら」

それっきり、母親は口を噤《つぐ》んで黙《だま》り込んだ。それが、母親の答だった。

それがどんなに不満であっても、花音も悠斗もそれ以上は聞けなかった。

これで、異母兄が父親の初盆に来ないことは確定してしまった。

それは同時に、この先、神宮寺と異母兄との接点はなくなったも同然。つまりは、そういうことであった。

その事実が一気に現実感を帯びた、瞬間《しゅんかん》。悠斗は愕然《がくぜん》とした。

つい昨日まで、悠斗は盗《ぬす》み撮《ど》りした異母兄の写真を見て、あれこれと想像しているだけで満足だった。それは、いつか、正式に対面できるという前振《まえふ》りだと思っていたからだ。

しかし。母親の口ぶりから、遺産相続問題は別として神宮寺との関《かか》わりは否定的な状況《じょうきょう》だと知って、なんだか、無性《むしょう》に会いたくなった。

想像して。

夢想して。

——妄想《もうそう》する。

それだけでは、満足できなくなってしまった。

高校生は中学生と違《ちが》って、いろいろ忙《いそが》しそうだ。でも、夏休みは違うだろう。別に日曜日とか関係なく、家にいる確率は高そうだ。

そう思ったら、なんだか会いたくてたまらなくなった。写真ではない、リアルな異母兄——杉本哲史に。

まさか。子どもたちがあんなことを言い出すとは……思わなかった。

子どもたちにとって、異母兄の存在がどういうものであるのか。そういうことを、はっきり聞いたことはない。

聞くのが、怖《こわ》い。それも、ある。

それ以上に、子どもたちに『杉本哲史』のことを語る勇気がなかった。

（だって、言えないでしょう？　本当のことなんか）

言えるわけがない。

ただ親権を放棄したのではなく、自分たちの父親が、いらなくなったゴミのように押しつけ合って子どもを捨てたのだとは……。

子どもたちにとって、亡くなった今でも父親は心の支えであるからだ。自慢《じまん》の父親であるからだ。それを傷つけるような真似《まね》など、できるはずがない。

本当のことなんて、言えない。

言う必要のないことは、口にするべきではない。

だったら、真実は秘匿《ひとく》されたままであってもいい。

だが。嘘《うそ》はつけない。

ひとつ嘘をついてしまうと、その嘘を隠《かく》すために際限なく嘘を上書きしなければならなくなるからだ。

そんなことをすれば、きっとどこかで無理が出る。ボロが出る。綻《ほころ》びた嘘の裂《さ》け目からは腐《くさ》りきった膿《うみ》が出る。

どちらにしても、子どもたちが酷《ひど》く傷つくことに変わりはないだろう。

正臣の初盆《はつぼん》に、杉本哲史は呼べない。

来て欲しくない。

だから——呼ばない。

この先もずっと、神宮寺とは関わらないで欲しい。切実に、そう思う。

それが、結花の願いだ。

（はぁぁ……………）

どっぷりとため息が重い。

いっそ真実なんて知らなければ、こんな思いをしなくても済んだのかもしれない。そしたら、話はもっとシンプルだったかもしれない。

それも、今更《いまさら》だが。

知ってしまったことをなかったことにはできない。だったら、もっと時間が欲しい。子どもたちが大人の事情を理性的に汲《く》んでくれる年齢《ねんれい》に達するまで。

それは、結花の勝手な思い込みだろうか。

とにもかくにも、正臣の初盆だけは何事もなく終わらせたい。

それから先のことは、そのときに考えればいい。それを思い、結花はベッドに入って目を閉じた。

◆◇◆◇◆

炎天下《えんてんか》で、見知らぬ少年が蓮城家を窺《うかが》っている。

ただの通りすがりでチラ見しているのではなく、明らかに挙動不審《ふしん》だった。

——誰《だれ》？

——なんの用？

——いったい、何をやってるわけ？

哲史が。

翼が。

龍平が、怪訝《けげん》な顔つきで自転車を止めて降りる。

その物音に弾《はじ》かれたように、ピクリと悠斗が振《ふ》り返った。

とたん。

(……わッ)

いきなり視界に飛び込んできた三人組の姿に、なんの心の準備もできていなくて。悠斗は焦《あせ》った。

見てる。

しっかり――見られている。

（どうしよう……）

ドキドキどころか、心臓がバクバクになった。

それでも。どうにか。

喉《のど》に絡《から》んだような第一声が口を衝《つ》いて出ると、悠斗の気持ちも固まった。これは、もしかしたら、最初で最後のチャンスかもしれないと。

「こ……こんにちは」

「……知ってる子？」

龍平にこっそりと耳打ちをされて。

「や……ぜんぜん」

哲史は小声でブンブンと首を振った。

顔を見たこともない。たぶん、この周囲に住んでいる子どもではないような気がした。

「――誰？」

端的《たんてき》に一言、翼が言い放つ。三人で買い物中だったときとは、まるで違う顔つきで。

威圧感《いあつかん》丸出しなその眼差《まなざ》しに、悠斗はゴクリと生唾《なまつば》を飲み込んだ。

「あの……は…はじめまして。ぼく……神宮寺、悠斗……です」

その瞬間。

（……神宮寺？）

翼が。

（……え？）

哲史が。

（もしかして、この子……）

龍平が。

三者三様に双眸《そうぼう》を見開いた。

——ウソだろ。

——なんで？

——って、マジで？

中でも、哲史の動揺《どうよう》は激しかった。

実父の死去を知らされたときとは、まるで違う。あのときは、『神宮寺正臣』という名前のみの存在だった。謂《い》わば、哲史にとっては実体のない虚像《きょぞう》——掴《つか》みどころのない蜃気楼《しんきろう》のようなものだった。

しかし。目の前の『神宮寺悠斗』と名乗る少年は、リアルだった。この少年が、たぶん自分の異母弟なのだと思うと、リアルすぎて変に生々しかった。

こういう展開は予測外だった。

なんで——どうして、こんなことになっているのかわけがわからなくて。真夏の炎天下だというのに、頭の芯《しん》がスーッと冷えていくような気がした。

そんな哲史の手を、龍平がギュッと握《にぎ》りしめた。

『大丈夫《だいじょうぶ》』

『心配ない』

『俺たちがついてるから』

それを伝えたくて。

だが。悠斗の眼中にあるのは翼だけだった。翼しか見ていない。

その翼は、突然降って湧《わ》いたように現れた悠斗に不機嫌《ふきげん》丸出しだった。

「いきなり、なに？」

その冷えたトーンときつい眼差しに、悠斗は竦《すく》み上がった。

「ぼく……ぼく……」

舌が縺《もつ》れて、言葉にならない。こういう展開は、悠斗にとっても予想外であった。

悠斗の予定では。悠斗が思い描《えが》いていたのは……。自分がきちんと名乗れば、それなりのリアクションがあると思っていた。母親が言うところの『いろいろな事情』があったとしても、何かもっとリアルな反応が。なのに、返ってきたのは冷え冷えとした感触《かんしょく》だけだった。

違《ちが》う。

こんなんじゃない。

なんか……違う。

こんなはずじゃない。

もっと。

もうちょっと……。

何かを期待していたのに、まったく別のモノが落ちてきた。そういう違和感《いわかん》に立ち竦んでいると。

「ツックん。一応初対面なんだから、威嚇《いかく》しちゃダメだってば」

いきなり、声がした。

翼は露骨《ろこつ》に舌打ちをした。

——え？

悠斗は、パチクリと目を瞠《みは》った。

（ツックん……？）

哲史なのに、なんで……ツックん？

それって、もしかして、何かのあだ名？

（……ていうか、このひと……誰？）

いきなり会話に割り込んできた龍平に目をやる。すると。

「君さぁ、いきなりこういうのは反則」

翼にはいきなり威嚇するなと言っておきながら、龍平の顔には笑《え》みの欠片《かけら》もなかった。

反則――と決めつけられて、悠斗はムッとした。

(反則って、なんだよ？)

わけがわからない。

意味不明。

「あなたには、関係ないでしょ？」

つい、声が尖《とが》る。

「そういう態度は、更《さら》に減点」

まったり感の抜《ぬ》けたトーンでビシリと口にする。

(なんなんだよ、こいつ)

悠斗は更にムカついた。

どうして、赤の他人にこういう言われ方をされなければならないのか。それを思うと、不快だった。

「なんの用？」

動揺の抜けきらない硬《かた》い声で、哲史が言った。

「だから、関係ない人は口を出さないでって言ってるじゃない」

きつい口調で悠斗が気色ばむと、三人は変に黙《だま》り込んで互《たが》いの顔を見合わせた。

——なんだ？

——なんで？

——どうなってんの？

そんな不快なアイコンタクトが、悠斗の気持ちをささくれ立たせた。

（なんだよ。なんなんだよ。どうして、そんな顔をしてるわけ？）

何がなんだか、まったくわからないままに。

「ぼく、あの、哲史お兄さんに……話があって」

悠斗は上目遣《うわめづか》いに翼を見やった。

——瞬間《しゅんかん》。

「バカだろ、こいつ」

翼はあからさまに鼻を鳴らした。

いかにもバカにしたその言い様に、悠斗はカッとした。

「だから、ぼくはッ」

思わず声を荒《あら》げると。

「だよねぇ。笑っちゃう」

龍平も、どんよりとため息をついた。

「とっとと家に入るぞ、哲史。肉が腐《くさ》っちまう」

——え？

悠斗はドッキリした。

「そう、そう。行くよ、テッちゃん」

——は？

悠斗は双眸を見開いた。

『哲史』

『テッちゃん』

そう呼ばれた人物が三人の中では一番背が低くて、やせっぽちで、地味な奴《やつ》だと知って。悠斗は唖然《あぜん》とした。

「……ウソ」

思わず、口をついて出た。

(こいつが……杉本哲史？　ウソだろぉ。こんなジミ男《お》が——兄ちゃん？　マジで？　ホントに？)

悠斗が異母兄だと思い込んでいたのはまったくの別人で、なんだかとっても冴《さ》えない奴が本当の『杉本哲史』だと知って、悠斗はただ絶句だった。

そんな悠斗を置き去りにして、三人は自転車をガレージに入れ、前カゴからスーパーの袋《ふくろ》を取り出すとそのまま家の中へと入っていった。

◆◇◆◇◆

ウソ。

マジ?

——信じられない。

ホントに。

こんなことって。

——あり得ない。

なんで。

どうして。

——バカみたい。

ずっと、ずっと。あの超絶《ちょうぜつ》美形が『杉本哲史』だと思っていた。なのに、まったくの別人だったなんて。

それって——どうよ?

今までのときめきは、いったいなんだったのか。

あのドキドキは？

……ワクワク感は？

クソ。

クソ。

クッソー……。

悠斗はただ足下《あしもと》を凝視《ぎょうし》したままガッガッ歩いた。

なぜ、どうして、あの超絶美形を異母兄だと思い込んでしまったのか。

バカみたい。

――バカみたい。

――――バカみたい。

本当の異母兄が一番地味で冴えない奴だったのにもショックだったが。あの超絶美形にただ疎《うと》まれたのではなく、完璧《かんぺき》にバカにされたことが一番のショックだった。

その超絶美形を『ツッくん』呼ばわりした体格のいい、だけど、どこか……なんか変な感じのするイケメンにも、駄目《だめ》な奴だと決めつけられた。

屈辱《くつじょく》で、頭が煮《に》えた。

こめかみがズキズキした。

胸がズタズタになった。
とんだ赤っ恥《ぱじ》である。
バカだろ。
――バカだろ。
――――バカだろ。
それしか言葉がなくて、悠斗はガツガツ歩いていった。

＊＊＊＊＊　エピローグ　＊＊＊＊＊

「あいつ、すっげー失礼な奴だよね」

ダイニング・キッチンのテーブルに荷物を置くなり、龍平はブーブー文句を言った。

はっきりした年齢《ねんれい》はわからないが、明らかに年下。たぶん、中学生ではないだろうか。

身なりはきちんとしていて、一見いいところのお坊《ぼっ》ちゃんふうに見えたが、態度はまったくいただけなかった。

なにより。翼と自分たちに対する落差があからさますぎて、なんだかものすごく感じが悪かった。

礼儀《れいぎ》がなっていないとか、そういうことではなく。

(なんか、敵意丸出しって感じ)

なんでだろう。

どういうこと？

まるで、わけがわからない。

周囲とはしゃべるテンポも価値観も違《ちが》いすぎて脱力《だつりょく》されることはあっても、基本、龍平は初対面の人間にいきなりきつい目を向けられたことはない。だから、よけいにそう思うのかもしれないが。

あの態度はただの世間知らず——というには不快すぎた。

なんだか。

とっても——不愉快《ふゆかい》。

その一語に尽《つ》きた。

「だから、ただのバカだろ」

肉を冷蔵庫に入れながら、翼が吐《は》き捨てる。

初対面なのに、変に馴《な》れ馴れしすぎて不快だった。

(——なんなんだ?)

そう思った。

フレンドリーさというのとは違う、無遠慮《ぶえんりょ》。

好意という名の思い込み?

拒否《きょひ》されることなどまるで眼中にない、厚かましさ?

それは、翼が一番嫌《きら》いなパターンだ。あの大バカヤローな佐伯となんとなく似ているような気がして、不快さも倍増した。

それで翼が視線を尖《とが》らせたとたん、まるでハムスターのようにビビリ上がった。

——ばっかじゃねーの？

よりにもよって自分と哲史を間違えるとは、どういう神経をしているのか。

——ありえねーだろッ。

そう思わずにはいられない。無神経にもほどがある。

初対面で、いきなりそんな大間違いをしでかした大バカヤローは、それだけで百叩《たた》きも同然である。

「ツッくん。あいつとは初めまして……なんだよね？」

「当たり前だろうが」

「でも、あいつ。初めからツッくん狙《ねら》いだったよ？」

それは、明らかであった。

「それも、俺と哲史を間違えてな」

そこが、わからない。

「なんでだろう」

どうして、そういう思い込みをしてしまったのか。

まったく。

ぜんぜん。

──意味不明。

「ちゃんと、家の住所も知ってたってことでしょ？」

「なんで、あいつが知ってンだ？」

哲史が蓮城家にいることを、だ。

「調べた……とか？」

「なんのために？」

「や……それはわかんないけど」

不快というより、不気味？

どういう意図があって。なんのために。そんなことをしたのか。

──する必要があったのか。

「知ってンのは、向こうの弁護士だけのはずだけど」

「もしかして、遺産のことで？」

哲史が重い口を開くと。

「や、そりゃねーだろ。あんなガキが口を出せる問題じゃねーし」

「……だよね」

「そこらへんは、親父《おやじ》と向こうの弁護士の間できっちりカタがついてるはずだから」

「でも……法律上はきちんとケジメがついたとしても、家族感情は別かもな」

今更《いまさら》のように、哲史はそれを思う。思わずにはいられなかった。

哲史は、尚貴に実父の死去を告げられて、初めて『神宮寺正臣』のことを知った。

だったら。神宮寺の家族はどうだったのだろう。

哲史のことを、どれだけ知っているのか。何を、どこまで知っているのか。

つい、さっきまで、哲史はそんなことを考えたこともなかった。向こうの家族のことを知ろうともしなかった。

いや――知りたいとも思わなかった。

そんなことを知ってもしょうがないと思ったからだ。

この先も、神宮寺とは関《かか》わるつもりもなかったし。

なのに。

――今日。

突然《とつぜん》、異母弟がやって来た。自分を訪ねて。彼は、翼を『杉本哲史』と思い込んでいたようだが。

「どうして俺と翼を間違えたのかは知らないけど。翼はともかく、あいつは翼の顔を知ってたってことだろ？」

「そうだな」

「ちゃんと、名指しだったもんね」

これは、いったい、どういうことなのか。

さっぱり、わけがわからない。

だから、よけいに気味が悪い。

話がある。

——そう言っていた。

なんの?

——別に聞きたくもないが。

「なんか……不愉快だよね」

「思いっきり、不愉快だ」

龍平と翼は不機嫌《ふきげん》に口を揃《そろ》える。

ただ、哲史にしてみれば。『杉本哲史』が翼ではなく、名指しした本当の異母兄が自分であると知ったときの、あの露骨《ろこつ》にガッカリした悠斗の顔つきが重かった。

『こんな地味で冴《さ》えない奴《やつ》が?』

そう思っていたのがミエミエだった。

勝手に思い込んで。

好き勝手にイメージして。

好きなように妄想《もうそう》して。

それが違ったと知って、あからさまに落胆《らくたん》する。

それだけで、哲史は、異母弟をまったく好きになれないことを自覚しないではいられなかった。

あとがき

こんにちは。

――というか。本当にお久しぶりの『くされ縁《えん》』ですね、ハハハ………。

シリーズ物でそれはあり得ないだろ、とか。

ゴクドーしてんじゃねーよ、とか。

だったら、まだいいんですが（何が?）。そんなタイトルあったっけ?……とか言われるのが怖《こわ》いでっす［プルプル］。

そういうわけで。すっかり前置きが長くなってしまいましたが、『くされ縁の法則』第七巻『逆光のリバース』です。

別に、お久しぶりだからいきなりの急展開だったわけじゃなくて。あれやこれやモロモロあって、幼馴染《おさななじ》み三人組が互《たが》いを支え合って、絆《きずな》を深めて。『俺たちは何があっても大丈夫《だいじょうぶ》』という地固めができたところで、本命（なんの?）登場――って、感じ?

今まで、哲史君はずっと『不本意なトバッチリ』だったわけですが。今回は、いきなり『当事者のど真ん中』です。まったく記憶《きおく》の欠片《かけら》もない実父の遺産問題は、実はお金じゃなくて、その存在も知らなかった異母弟妹《ていまい》だったわけですから。

なんか、こう、ベタな昼メロ的な展開に突入《とつにゅう》って感じですかね。だって異母弟の悠斗が非常に残念な……いや、おバカな大間違《おおまちが》いをしてしまったことで、初対面にして哲史君との間にはマリアナ海溝《かいこう》よりも深い亀裂《きれつ》が入ったも同然？

さーて、いったいどうなるんでしょうか？

次回、乞《こ》うご期待？

――していただけると、嬉《うれ》しいのですが。

話はいきなり変わりますが。

先日、高速道路を走っていたら、ウチの車の右車線を『ブォーッ』という感じで追い抜《ぬ》いていったとっても高そうなスポーツカーが、いきなりスピンして左車線のガードレールに激突《げきとつ》して大破し、その反動でまた右車線に突《つ》っ込《こ》みそうになった――というのをリアルに目撃《もくげき》してしまいました。

いや、体験と言うべき？

ちょうど、ウチの車の前を大破した車が突っ込んできて車線を塞《ふさ》ぐという……。いやぁ、もう、マジで顔面蒼白《そうはく》？　一瞬《いっしゅん》、何が起こったのかわかりませんでした。まるで、スローモーションを見てたみたいで。

そのときはあまり高速も混んでなかったので、二次災害に巻き込まれなくてホントよかったです。まぁ、実際は、しばらくその場で固まってたというのが本音なのですが。

寿命《じゅみょう》が縮まるっていうのは、まさに、あーゆーことですね。事故って、いつ、どんなときに起こるかわからないっていうか。自分が気をつけてても、巻き込まれたりしたらどうにもならないですもんねぇ。

最後の最後になってしまいましたが。

神葉先生、超《ちょう》ゴクドーな進行で申し訳ありませんでした［脂汗《あぶらあせ》］&いつもありがとうございます［深々］。

それでは、また。

平成二十五年　二月　　　　吉原　理恵子

くされ縁《えん》の法則《ほうそく》7
逆光《ぎゃっこう》のリバース
吉原理恵子《よしはらりえこ》

KADOKAWA RUBY BUNKO

角川ルビー文庫 R17-32　　17903

平成25年4月1日　初版発行

発行者——井上伸一郎
発行所——株式会社角川書店
東京都千代田区富士見2-13-3
電話/編集(03)3238-8697
〒102-8078
発売元——株式会社角川グループパブリッシング
東京都千代田区富士見2-13-3
電話/営業(03)3238-8521
〒102-8177
http://www.kadokawa.co.jp
印刷所——旭印刷　製本所——BBC
装幀者——鈴木洋介

ISBN978-4-04-100766-2　C0193　定価はカバーに明記してあります。

超絶美貌のオレ様、蓮城翼。
天然ボケの王子様、市村龍平。
噂の彼らが誰よりも溺愛しているのが、
幼馴染みのパンピー、杉本哲史で…!?
幼馴染み三人が繰り広げる
学園トライアングル・ラブ・バトル!

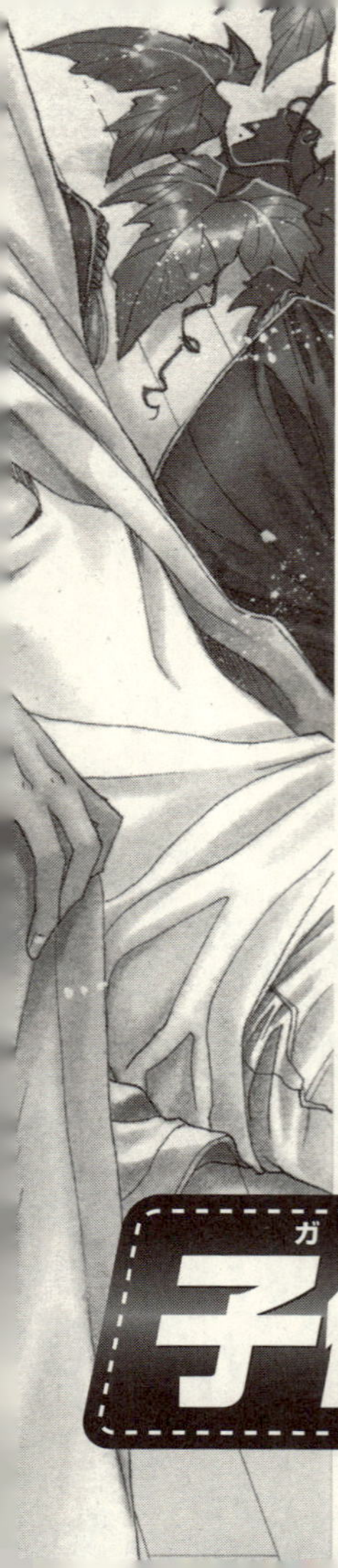

子供の領分《ガキ》　ACT・1　ナメてんじゃねえよ
ACT・2　それが、どーした?
ACT・3　やってられっかよ
広海君のゆううつ
広海君のゲキリン
子供の領分《ガキ》リターンズ　陽一サマの高笑い
子供の領分《ガキ》リターンズ　広海くんの災難
子供の領分《ガキ》リターンズ　大地の逆襲
子供の領分《ガキ》　体育祭編　学園タイフーン
子供の領分《ガキ》ハイパー　分岐点《ターニング・ポイント》
子供の領分《ガキ》ハイパー[2]　臨界点《サンダー・ボルト》
子供の領分《ガキ》ハイパー[3]　到達点《ボーダーライン》
子供の領分《ガキ》リミックス　reality《リアリティー》

ルビー単行本
子供の領分《ガキ》 REMIX —be under—

吉原理恵子　イラスト／如月弘鷹

子供の領分《ガキ》シリーズ

ルビー文庫

茅野家長男、陽一。容姿端麗。
茅野家三男、大地。超無愛想。
そして、茅野家次男――広海。
超過激な三兄弟の明るく正しい(?)
学園生活を描く、大人気長編シリーズ!

一週間で、必ず君を堕としてみせる――。
水上ルイ
イラスト／おおや和美
王子様、おたわむれを
情熱的な大富豪×難攻不落の美人執事の恋愛ゲーム！
難攻不落の美人執事のフローレスは、主人の友人のアドリアーノとのゲームに敗れ、1週間彼のお世話をすることになるが。

ルビー文庫

水上ルイ
イラスト／おおや和美
一人の男として、おまえを愛している。
おまえを弟ではなく、私の伴侶にしたい——。
王子様と恋したら
If I am in love with a prince...
水上ルイ＆おおや和美で贈る
現代のシンデレラロマンス！
天涯孤独の裕也は、偶然出会った世界的大富豪・フェランに
恋してしまうが、彼の弟かもしれないと知らされ…!?

ルビー文庫

絶対的な運命で、
真実の愛に辿り着くこの恋――。
上・下巻同時発売！
絶対者の恋
下
岩本薫×蓮川愛で贈る
スペシャル・ラブ・ロマンス！
経済大国シャムスを訪問したアシュラフと和輝は、国王の妹・レイラーに出会う。和輝は国王が妹をアシュラフに嫁がせたがっていると知り…？
著／岩本薫
イラスト／蓮川愛

ルビー文庫

次世代に輝くBLの星を目指せ!

第15回 角川ルビー小説大賞

プロ・アマ問わず!
原稿大募集!!

大賞 正賞・トロフィー＋副賞・賞金100万円
＋応募原稿出版時の印税

優秀賞 正賞・盾
＋副賞・賞金30万円
＋応募原稿出版時の印税

奨励賞 正賞・盾
＋副賞・賞金20万円
＋応募原稿出版時の印税

読者賞 正賞・盾
＋副賞・賞金20万円
＋応募原稿出版時の印税

応募要項

【募集作品】男の子同士の恋愛をテーマにした作品で、明るく、さわやかなもの。
未発表（同人誌・web上も含む）・未投稿のものに限ります。

【応募資格】男女、年齢、プロ・アマは問いません。

【原稿枚数】1枚につき40字×30行の書式で、65枚以上134枚以内（400字詰原稿用紙換算で、200枚以上400枚以内）

【応募締切】2014年3月31日

【発　　表】2014年9月（予定）
＊CIEL誌上、ルビー文庫新刊チラシ等にて発表予定

応募の際の注意事項

■原稿のはじめに表紙をつけ、**以下の2項目を記入してください。**
①作品タイトル（フリガナ）　②ペンネーム（フリガナ）

■1200文字程度（400字詰原稿用紙3枚分）のあらすじを添付してください。

■**あらすじの次のページに、以下の8項目を記入**してください。
①作品タイトル（フリガナ）②原稿枚数（400字詰原稿用紙換算による枚数も併記※小説ページのみ）③ペンネーム（フリガナ）
④氏名（フリガナ）⑤郵便番号、住所（フリガナ）
⑥電話番号、メールアドレス ⑦年齢 ⑧略歴（応募経験、職歴等）

■原稿には通し番号を入れ、**右上をダブルクリップなどでとじてください。**
（選考中に原稿のコピーを取るので、ホチキスなどの外しにくいとじ方は絶対にしないでください）

■**手書き原稿は不可。**ワープロ原稿は可です。

■プリントアウトの書式は、必ず**A4サイズの用紙（横）1枚につき40字×30行（縦書き）**の仕様にすること。
400字詰原稿用紙への印刷は不可です。
感熱紙は時間がたつと印刷がかすれてしまうので、使用しないでください。

■**同じ作品による他の賞への二重応募は認められません。**

■入選作の出版権、映像権、その他一切の権利は角川書店に帰属します。

■**応募原稿は返却いたしません。**必要な方はコピーを取ってから御応募ください。

■**小説大賞に関してのお問い合わせは、電話では受付できません**ので御遠慮ください。

■応募作品は、応募者自身の創作による未発表の作品に限ります。（※PCや携帯電話などでweb公開したものは発表済みとみなします）

■日本語以外で記述された作品に関しては、無効となります。

■第三者の権利を侵害した応募作品（他の作品を模倣する等）は無効となり、その場合の権利侵害に関わる問題は、すべて応募者の責任となります。

規定違反の作品は審査の対象となりません!

原稿の送り先

〒102−8078　東京都千代田区富士見1−8−19
(株)角川書店「角川ルビー小説大賞」係

KADOKAWA RUBY BUNKO

角川ルビー文庫

いつも「ルビー文庫」を
ご愛読いただきありがとうございます。
今回の作品はいかがでしたか？
ぜひ、ご感想をお寄せください。

〈ファンレターのあて先〉

〒102-8078 東京都千代田区富士見 1-8-19
角川書店 ルビー文庫編集部気付
「吉原理恵子先生」係